LOCUS

LOCUS

LOCUS

LOCUS

mark

這個系列標記的是一些人、一些事件與活動。

mark 12 生還
(Sole Survivor)
作者：林露德 (Ruthanne Lum McCunn)
譯者：阿良
責任編輯：陳郁馨
美術編輯：何萍萍
法律顧問：全理法律事務所董安丹律師
出版者：大塊文化出版股份有限公司
台北市117 羅斯福路六段142 巷20 弄2-3 號
讀者服務專線：080-006689
TEL：(02) 29357190　FAX：(02) 29356037
郵撥帳號：18955675　戶名：大塊文化出版股份有限公司
e-mail:locus@locus.com.tw
本書版權經由博達版權代理有限公司取得

總經銷：北城圖書有限公司　地址：台北縣三重市大智路139號
TEL：(02) 29818089 (代表號)　FAX：(02) 29883028　29813049
排版：天翼電腦排版有限公司　製版：源耕印刷事業有限公司
初版一刷：1999年9 月

定價：新台幣250 元
Printed in Taiwan

SOLE SURVIVOR
The True Account of 133 Days Adrift

生還

1942年，一個中國人
在大西洋漂流133天的故事

Ruthanne Lum McCunn 著
阿良 譯

目錄

序幕 6
第一章 沈船 9
第二章 恐懼 23
第三章 找到香菸就好了 33
第四章 天后 46
第五章 不過是幻覺 54
第六章 屈辱與死亡的紅雲 60
第七章 他們就是見死不救 71
第八章 繫了九個結 79
第九章 戰勝月亮 86
第十章 被出賣的感覺 93
第十一章 天意不能改 101
第十二章 有什麼用什麼 112
第十三章 釣魚 119
第十四章 背我走！ 128
第十五章 用牙拔釘子 134

第十六章　躍過龍門的魚　145
第十七章　自給自足的能力　151
第十八章　第三次月圓　157
第十九章　日子千篇一律　164
第二十章　養鳥　172
第二十一章　一顆流星　181
第二十二章　飛機，飛走了　190
第二十三章　遇颱風　202
第二十四章　尿……能喝嗎？　214
第二十五章　並不怕死　227
第二十六章　吃鳥或吃魚　245
第二十七章　目測木筏與海岸的距離　254
第二十八章　「英格里希？」　265
尾聲　269
作者的話　277

序幕

一九三九年，英國向德國宣戰不到十二小時，一艘德國潛艇便在未事先提出警告的情況下發射魚雷，擊沉英國客輪雅典號。於是，「一遇即擊沉」就成爲德國的海上策略。在不到兩個月的時間內，五十六艘盟國和中立國的商船受到了德國水雷和潛艇的襲擊而沉沒，幾千名非軍事人員慘遭殺害，葬身大海。

由於傷亡人數不斷增加，也由於與戰爭有關的海運業務不斷擴大，對補充人員的需求便日益迫切。爲此，英國商船隊於一九四〇年開始招募中國海員。當年只有二十二歲的潘濂就是應徵者之一。這位年輕人簽了合約，同意在一艘由蘇格蘭人指揮的商船——貝洛蒙號（*Benlomond*）上，擔任二等侍應生。貝洛蒙號重九千六百七十五噸，配有四十七名船員（蘇格蘭人和華人各半），以及八名隨船炮手。

商船隊由英國政府直接控制，根據盟軍的要求確定出航時間和航線，其任務是向海外部隊運送軍火，然後運回英國本土所需要的食品和原料。商船上一般只配備輕型武器，因此一旦與德國潛艇或巡洋艦遭遇，戰局便只能是一邊倒。護航艦只能爲商船提供有限防護，因爲潛艇的速度比許多護航艦都快。事實上，當時被擊沉的商船中，有三分之一都是有護航艦護送的。

商船即使停泊在港口也並不安全。貝洛蒙號在英國霍爾黑文港裝運爆破器材時，就幾乎被水雷擊中。另一次在空襲中，貝洛蒙號所停靠的碼頭貨倉著火，爲了保護商船，人們只好用纜繩，硬是靠人力把它拖到碼頭的另一邊。

然而，最大的危險是在大西洋航線的中途。在那裡，商船無法得到任何來自空中的掩護，德國潛艇也集中在那裡，像狼群一樣四處出擊。僅一九四二年的頭七個月，在那裡沉沒的船隻便達六百八十一艘，總噸數達三百五十萬噸。希特勒聲稱，盟軍還遠遠沒嘗到他潛艇的全部威力。他揚言，任何海員若膽敢出航，其返航的希望是微乎其微的。

但潘濂像其他海員一樣，簽了一份又一份新合約。一九四二年十一月十日，當貝洛蒙號只裝著沙石等壓艙物，從南非開普敦出發，準備開往荷屬圭亞那的帕拉馬里博（Paramaribo）裝載貨物時，潘濂也隨船一起出海了。十三天後，當貝洛蒙號航行到北緯〇〇・三〇度，西經三八・四五度的位置，即離亞馬遜河口以東七百五十英里處時，被兩枚魚雷擊沉了。除潘濂外，船上其他人員全部遇難。

以下，便是潘濂的故事。

第一章　沈船

潘濂躺在船艙的鋪位上，一條腿蹬住艙壁支架，他睡覺的地方，恰好在貝洛蒙號機房的上面。貝洛蒙號雖沒有載貨，吃水線不深，但它乘風破浪，航行得很順利。它的航向忽左忽右，小心翼翼，一會兒轉左舷，一會兒轉右舷，每二十分鐘調換一次，每次轉舷，船都傾斜得很厲害。儘管潘濂沒聽見，也沒看見其他船員的活動，但他感覺得出，全船的人都在準備換班值勤。他同艙的伙伴是輪機長的勤務員，已經下到機房去了。但潘濂不想動，他又捲了一支菸，點燃後緊張地抽起來。

他第一次出海到現在已經八年了，從學徒升到二等侍應生，但對船和大海，他懂得的並不比八年前多多少。這倒不是說他不想學，他確實很想。每次給駕駛室的高級船員送熱菜和熱巧克力時，他都被那裡的儀器吸引住。他曾提出，想學習追蹤水流，區別風向和海浪，根據太陽和星星判斷航向的知識——總之，一切和大海鬥智所需要的技能。但沒有被准許。中國人在船上只能當侍應生、廚師、輔機操作工、司爐工和油漆工，不能當高級船員的助手。

他曾下決心學會一門手藝，因此當了三年海員後便辭職，到香港的華南技工學校報了名。他沒法完全聽懂老師的廣州方言，但他喜歡動手做各種技術工作，例如修理發動機，替換破損零件等。但只學了六個月，他一位在貝洛蒙號上當侍應生領班的親戚便提醒他，日本人很快將襲擊香港，他應趁來得及時趕快離開。因此他簽了合約，在這位親戚的手下當二等侍應生。

正如他的親戚所預言，香港淪陷了，因此他並不後悔自己重返大海。不過死亡的威脅無時不在，這種壓力是無法逃避的，只有每三至四星期船靠岸那幾個小時例外。不過，即使在這種情況下，空襲和敵人在港口周圍布下的水雷也使人精神緊張，難以休息。但據老海員們說，他們再過六天就要抵達帕拉馬里博了，那裡情況不同，受戰爭的影響較少。

潘濂看了一下錶，十一點四十分了。如果不快一點，他就來不及按時開午飯了。他抽了最後一口菸，在艙壁上的菸灰缸裡按滅菸頭，然後從鋪位上跳到地板上。他匆匆撣掉背心上的菸絲，套上侍應生制服，再把寬鬆的中式褲子上的腰帶繫好，再穿上布鞋，用手攏了一下他那濃密的黑髮。

這時，船突然傾斜，把他甩到對面輪機長勤務員的鋪位上；接著又猛地歪向一邊，使他摔在地板上。菸灰缸、被子、床墊都滾了下來，船上的傳動裝置發出很大的吱吱呀呀聲。他搖搖晃晃爬起來，猜想大概是瞭望哨發現了潛艇。巨大的爆炸聲震徹層層鋼板，搖撼著一切，潘濂又一次摔倒在地上。他震驚地瞧著一股水柱從碎掉的舷窗外沖進來。船搖晃了幾下。他聽見從遠處傳來叫喊聲，備用設備在甲板上的碰撞聲，還有持續不斷的嘰嘰聲。接著，又是一聲爆炸，而且比第一次更厲害，他被甩到通道。這時他才意識到，貝洛蒙號被魚雷擊中了。

他們每周都進行戰鬥演習，因此行動已變成機械性的制約反射。他迅速爬回艙房找救生衣，從一堆被褥和器具中把它拉出來，然後跌跌撞撞沿著通道往外跑。一股嗆鼻的濃煙從通氣孔裡冒出來，他用救生衣捂住鼻子和嘴巴，很困難才使自己站穩腳跟。船往一側傾了，正了一下之後，又再次傾斜。他摔在艙壁上，撞在往外逃的海員身上，終於擠到通往甲板的扶梯旁。

船傾斜得很厲害，他要爬上梯子非用雙手拉住不可，因此他停下來，套上救生衣，花掉寶貴的幾秒鐘繫上帶子。眾人又推又嚷，催促著從他身邊擠過去。他終於騰出雙手，把自己拽了上去。

甲板上瀰漫著黑煙，但他沒有看錯，放救生艇的墊木間空空如也，轆繩鬆弛地在吊杆上搖晃：救生艇不見了。

潘濂壓下心中的恐懼，咳嗽著靠在欄杆上。他看見一股熱騰騰的蒸氣正從下面被毀壞的機房天窗裡噴出來，還聽到被困在裡面的司爐工的慘叫聲。在遮護板周圍，一堵橙紅色的火牆噼噼啪啪燃燒著，正朝從破管道裡流出來的汽油那邊蔓延。水手們跌跌撞撞穿過彎曲的甲板，有人被鬆掉的鉚釘和斷裂的鋼板絆倒。有個船員正在用刀割斷吊在前桅杆上的木筏的繩子，木筏嘩的一下摔成一堆碎片，他氣憤地開罵。

氣味難聞的黑油，從船殼上的破洞裡流進大海，金屬的斷裂聲，已蓋過漸漸微弱的機器聲。船還在往前走，但已開始下沉，海水已漫過船身的中部。

船突然猛烈倒向一邊，潘濂抓住欄杆的手脫開了，他急忙穩住身體。就在這時，他看見一個水手和二副、三副在駕駛室附近掙扎著，想把救生艇放下水去。他跌跌撞撞跑了過去。

作為侍應生，潘濂不知參加過多少次演習，但從未正式放下過一艘救生艇。他既無經驗，又聽不懂二副、三副的命令，而且甲板已傾斜得很厲害，因此他顯得非常笨拙。正當他們把救生艇從墊木上抬起時，一起巨響震撼了貝洛蒙號的內部。

「底艙艙壁斷裂了，快繫緊你們的救生衣，逃命吧！」二副命令道。

水手和三副一分鐘也沒耽誤便跳進大海裡，他們轉眼間便在墨綠色的海水中消失了。這時二副走過來，把潘濂推到欄杆旁。「我的天，你快跳呀！要拚命游，否則船體下沉會把你吸下去的。」他一邊嚷，一邊示意應當怎樣用一隻手捏住鼻子，用另一隻手抱緊救生衣往下跳和游水。

潘濂沒來得及反應，船尾便驟然下沉，成噸的綠色海水灌進船體內，船開始翻轉，它已逃脫不掉死亡的命運。潘濂也受到懲罰，被拖進黑色的漩渦中。無情的水把他往下拉，灌進他的耳朵裡，沖走他的鞋子，拽下他的褲子。他掙扎著想擺脫褲子，但漩渦緊緊裹住他，把他往深處拉。這是貝洛蒙號沉進海底墳墓時形成的巨大漩渦。

水壓使他的耳膜十分難受，肺也似乎要炸了。如果壓力稍微減輕些，他有把握自己能支持得住。他的嘴不由自主地張開來，把憋了很久的一口氣拚命往外吐。頓時，面前出現一串彷彿在嘲弄他的水泡。水立即從嘴巴裡灌進來，迫使他馬上閉上嘴，咬緊牙；但水還在往裡灌，油也在往裡灌，他無法再堅持了。但突然，隨著一陣急促的旋轉，他像被拖下去時一樣猛烈地被拋了上來。

他不停地咳嗽，嘔吐，把肚子裡的海水和油嘔出來。是救生衣的浮力幫他升上水面，使他不再往下沉。但他要抓住一件什麼東西才能穩住身體，騰出手來，抹掉糊在鼻子和眼睛上的污穢。海上漂著的破爛物體不時撞擊他。他發狂似的亂抓，終於抓到一塊破木板。他把木板拖到身邊，用一隻胳臂緊緊抱住它，然後用另一隻手清理鼻子和眼睛。糊住他眼睛的黏物使他什麼都看不見。但他手上也滑溜溜的，愈抹眼睛愈疼，他把手上的髒物使勁往救生衣粗糙的布料上抹，然後才慢慢擦洗眼睛。終於，黏在一起的眼皮可以睜開了。

眼前的景象卻使他恨不得再闔上眼睛。貝洛蒙號已不復存在，水面上只剩下它吐出的幾個大水泡，還有幾縷在一灘氣味難聞的燃料油上空飄拂的黑煙。附近水面上漂著根斷桅杆，幾個炮彈箱；旁邊是一些叫不出名字的廢棄物——五十五名船員遺下的破爛。現在他們一個個像四肢脫節的木偶，套著血淋淋的救生衣，有些已燒成焦炭，有些像切開的葫蘆。

但既然他還活著，就應當有其他的倖存者，也許駕駛室那兩個高級船員和那個水手，或那個切斷木筏繩索的船員，或把他的救生艇拿走的人。他似乎聽到有人在痛苦地呼喊，這聲音蓋過了海水拍打各種廢棄物的聲音。

「喂，這邊有人，我也活著呀！」潘濂先用中國話喊，然後用英語大聲高呼。有人在叫，但他辨不清意思，也聽不清聲音是從哪裡傳來的，因爲他抱著木板，而太陽映在油上的強光使他只能看見近處的東西。他的褲子仍纏在腳上，使他很難移動。他把絆住腳踝的褲腿一下扯下來，然後抱住木板拚命踩水，一會兒朝這個方向，一會兒朝那個方向。終於在一百公尺開外的地方看見木筏上有兩個人，他們正在幫另一個人爬上去。

「喂，這裡！到這邊來！」潘濂喊道。木筏上的人正艱難地划著，想去救另一個落水者，沒有任何跡象顯示他們瞧見了他，或聽見他的呼喊聲。

潘濂用木板使勁擊水，同時揮手高呼。

但他們依然沒有反應。

他在消耗體力，但又無法停下來。小時候他在家鄉海南島游過水，但那時只是在小溪裡游「狗扒式」，如果感到不安全，一伸腿，腳尖就會碰到水底的礫石。但離家後他再也沒有游過泳。正因爲這個緣故，二副命令他跳船時他才猶豫不決。爲了那一剎那的遲疑，他幾乎付出了生命的代價；而現在也仍有喪命的可能，因爲木筏正在漂走，他離木筏上那幾個人愈來愈遠。他抱著的破木板只不過是不足憑藉的倚靠。

潘濂有意把它推開，勇敢地手腳並用，拚命划水。他靠救生衣漂起來了，但海面上那層厚厚的油正在把他往下拽。每次他抬頭看，木筏似乎都離他遠了一些。

他又試圖向他們呼救，但聲音連他自己聽起來都太小、太弱，而且每次張口，鹹鹹的海水和油都一起往嘴裡灌，嗆得他很難受。一塊破艙蓋漂到他身旁，他縱身一躍，用手緊緊抓住它。終於抱住了！他又咳又喘，拼著死命抱住這件較牢固的物體。

浪愈來愈大。前方突然出現一根細長的東西，像潛水艇的潛望鏡。潘濂想起過去曾聽人說過，敵人潛艇是會用機槍無情地掃射落水者的，因此他連忙縮下去，躲到艙蓋後面。那個潛望鏡對著海平線在搜索，忽然向下傾斜。霎時間，潘濂以爲潛艇要下沉。但情況與他的判斷相反，大海翻起一陣巨浪，隨後，一個瞭望塔突然從一片旋轉的骯髒泡沫中冒了出來。

幾乎就在這時，艙門吱吱呀呀地打開了，六個皮膚黝黑的大鬍子水兵從瞭望塔裡鑽出來，迅速爬下梯子，向黏滿油污的艇體兩邊的炮位上散開。瞭望塔的指揮台上只留下一個人，他向艇內喊了一句話，隨即潛艇調轉頭，在離木筏只有幾公尺遠的地方停下來。木筏在波濤中猛烈顚簸著，木筏上的人只好把身體貼在甲板上。

站在瞭望塔上的男人厲聲下了一道命令，操縱機槍的水兵聞聲立即瞄準木筏，其餘兩個水兵用長長的船鉤和繩子把木筏拖過去，拴在潛艇旁。他們向木筏上貝洛蒙號的船員喝斥，要他們爬上梯子到潛艇裡面去。潘濂從木蓋後面窺視，看見被俘的船員似乎共有五人，但他無法肯定，因爲身體隨著浪濤不停起伏，耀眼的陽光又使他無法睜大眼睛。

下命令的男人也跟著走進艙裡，外面只留下幾個機槍手，懶洋洋抽著菸。潘濂看著其中一人點燃香菸，遞給潛艇尾部的機槍手，然後自己再點了一支，他眞是羨慕極了。其他水兵也一邊抽菸一邊閒聊，互相叫喊著。

太陽曬得很厲害，像火似的烤著潘濂的頭和頸部，他感到頭皮和沒黏上油的皮膚曬得發痛，但泡在水裡的身體冷得好像要解體似的，儘管海水並不涼。救生衣下面的背心和工作服曲曲扭扭地貼在他身上，磨得皮膚發疼，使他很不舒服。他喉頭發癢，恨不得馬上抽一口菸；頭也開始陣陣作痛。

剛才木筏上那幾個人，其中有沒有他的親戚和同艙伙伴呢？他們此刻在受審嗎？還是正在抽菸和吃東西？他們會成爲戰俘？還是會獲得釋放？或就地槍決？他應該呼叫，還是繼續保持沉默呢？

納粹分子據說都沒有良心，希特勒讓他們把船擊沉，然後把船上的人全部殺光。但潛艇上那些人又說又笑，並不顯得殘酷……他繼續用那塊破艙蓋掩護自己，開始更仔細地觀察潛艇。艇身呈淺灰色，淺得幾乎發白；瞭望台上有個徽章圖形，但潘濂只能看見它的一部分，他能清晰地分辨出兩種顏色：綠色和白色……

潘濂不由自主地把身體伸出水面，讓頭部和肩部完全露出來。「救命呀！這邊！救命呀！」他高呼道。

他先用雙手拍水，然後又用木板擊水，並一次又一次叫喊著，但他的聲音被發動機空轉的響聲和破爛物體碰撞船體的聲音淹沒了。他只好試著游過去——潛艇距他大約五十公尺。

潘濂把破艙蓋推到前面，用腳使勁踢水。漂在水上那層油剛才還妨礙他的行動，但現在由於潛艇浮出水面，油層散開了，因此他可以向前游動，身後嘩嘩踢起一串水花。潛艇尾部的機槍手很快就發現他。此人碰碰身邊的伙伴，他們微笑著向潘濂招手。潘濂受到鼓舞，加快了速度。

他游了一半距離，就看到貝洛蒙號那幾名船員被拉出來，推回木筏上。隨著一陣磨擦聲，潛艇啓動了，它掀起的大浪把潘濂甩到後面，那塊破艙蓋也從他手中被沖走了。

「救命呀！」他喘著氣喊道。

潛艇上的水兵張開嘴巴大笑，還搖晃手腳，模仿潘濂在水中掙扎的樣子。

「救命呀！我要淹死啦！」他叫道。

潛艇尾部的機槍手咧著嘴，俯在槍上瞄準潘濂。當潛艇從潘濂身邊開過時，機槍手作出要開火的樣子。潘濂絕望地在潛艇的尾流中掙扎。他望著潛艇轉了個大彎，水兵們逐一消失在艙口中。又聽見封閉艙門時的鏗鏘聲。隨著海面浮起一片預示不祥的水泡，潛艇下沉了。他猛地閉上眼睛，奮力抵抗那即將把他拉入海底的吸力，貝洛蒙號沉沒時，他就是這樣被吸下去的。

但這次沒有出現這種現象。

海面相當平靜。他並沒有被吸下去。

當他睜開眼睛時，潛艇已經不見了。木筏也沒有了。是潛艇把木筏上的人殺光後，把木筏撞毀了嗎？還是木筏上的人抓到周圍的漂浮物而活下來了呢？

「有人嗎？」潘濂大聲喊道。

回答他的，是一片令人恐怖的沉寂。

一陣難以忍受的孤獨感向潘濂襲來，還有恐懼。但接著在他心頭湧起的是一股頑強的決心。貝洛蒙號上應配有兩艘救生艇和四隻木筏。他要繼續游，直到找到它們爲止。

剛才他企圖游往木筏和潛艇的舉動大大消耗了他的體力，現在只好用疲倦的手腳勉強划水，動作愈來愈小，愈來愈無力。他翻過身來仰游，讓手臂歇一歇，但腳還不停地踢水，使自己向前移動。當腿不聽使喚時，他又換成側游，讓一邊的手腳休息，另一邊繼續游水。

潘濂根據自己的體力不斷調整身體和動作，同時用目光搜索海面，希望能找到一艘救生艇，一塊木筏或另一個倖存者，還要留心可怕的三角鰭——鯊魚。這時的海面雖比較平靜，每個浪從浪底到浪尖卻也足有一公尺高。每次抛到浪尖上，他都看到蕩蕩煙波，一直延伸到地平線上。而每次沉到浪底，他都感到自己彷彿被拖入海底……

□

兩個小時過去了。但也許是一個小時。曾經有過這種時候：他完全忘了自己在做什麼，也不知自己在往何處去，甚至忘了自己爲什麼會浸在水中。

有一次，當他被抛到浪尖上的一瞬間，他覺得似乎看到幾個金屬大圓桶在陽光下閃爍。難道是木筏上的部件？是波浪濺起的泡沫被太陽照得發亮？他試圖聚精會神，在沉入浪谷之前仔細看看那個朦朧的形體。但他的思想總是無法集中，腦子裡不斷冒出其他事情：寒冷、疲倦、救生衣裏得身體非常不舒服，等等。

潘濂艱難地向前游著，強迫自己擺動手臂和腿，它們已變得像鉛一樣沉重。浪向他撲過來，像鞭子一樣抽打他的臉，刺痛他的眼睛。但突然，那個模模糊糊的影子變得清晰了。他眼前出現貝洛蒙號的另一塊木筏：一個約二公尺半見方的木製框架，框架內固定了六個不漏水的大圓桶。

乍看起來，木筏離他並不太遠，但潘濂已經領略過，這種判斷距離的辦法是會騙人的。況且他有時像螃蟹一樣亂游，方向感全亂了，根本弄不清自己在向前游，還是向目標相反的方向游。

午後的風吹得更勁了，海上掀起了更大的波浪。每當浪頭撲過來，他都感到自己要窒息。

他肚裡的海水攪得他陣陣肚痛。

由於用力過度，他的手腳開始抽筋了。

潘濂隨著浪濤沉浮，在寒冷與困乏中掙扎著，他耳邊彷彿有個聲音在輕輕絮叨：「風會把木筏吹過來的，可以不游了，可以休息了。」

他的頭耷拉下來了，嘴巴和鼻子幾乎貼著水面打起盹兒來。但突然一個惡浪把他的救生衣推到他顎下，他立即驚醒，又繼續向前游去。

一直游到灰濛濛的霧靄開始籠罩海面……

第二章 恐懼

潘濂蜷縮在睡鋪上，清晰地聽見海水拍打船頭的嘩嘩聲和機器房傳來的隆隆聲，也感覺到自己離家愈來愈遠了。

他是家裡八個孩子中的老七，是最後一個離開家的。在他還記不清事情的時候，他幾個姐姐就已坐著紅轎子出嫁了。家裡最小的孩子，即他的小弟弟在襁褓中便夭折了；兩個哥哥于淵和于瀚，分別在十七歲和十三歲時就被父母送出門到馬來亞謀生——于淵在一位叔父的工廠裡當辦事員，于瀚到另一個親戚的雜貨鋪裡做工。

多虧哥哥們寄錢回來，潘濂才有機會讀書。但那位教書先生來自大陸，他把海南看成荒僻淒涼的地方，整天只會背誦古代被發配到海南島的官吏寫下的詩詞。他自己不得志，因此把氣都撒在學生們身上。潘濂剛滿十五歲就停學了，那時他已會讀報紙，能寫信，會記帳，還能把二十六個英文字母和一些簡單的單字和句子背出來。他讀了六年書，但沒學過耕田種地，可村裡除了耕田之外是沒有其他事可做的。他無所事事，便經常去釣魚，或和村裡其他幾個被寵壞的「拉仔」①們一起玩耍。

他知道自己早晚要離家去謀生的，但當父親宣布這一消息時，他卻毫無思想準備。那天晚上，父親吃完最後一口粥，扒完碗底裡剩下的最後幾粒飯，然後說：「義泰表哥明天回香港，阿濂，你就跟他走吧。」

母親也和他一樣感到震驚。「怎麼……」

「你們都知道，于瀚最近來信說，他們船上有個空缺，要招一個學徒。」

「可是……」

「阿濂已經十六歲了。大陸上在跟日本鬼子打仗，他隨時都有可能被拉去當兵。多虧義泰答應帶他走，到香港就可以去找那條船了。」

阿濂感到很難過。這麼一去，也許要好多年以後才能回來，也許永遠回不來。

二哥出門七年之後才回家娶親，但從此沒再回來過。大哥于淵至今一次都沒回過家。學堂的先生說，這是因爲外國的生活比家鄉好，還說那些回家的人住不了多久就走，是因爲心煩，恨不得早些離開。家鄉只有彎彎曲曲的泥濘小路和泥磚蓋的土房，沒有陰溝，也沒有下水道。不過阿濂並沒有離開的意思。

「我不想去。」他支吾道。

父親額上的皺紋變得更深了。年輕時，他教過武術，走遍大小村鎮傳授武藝，哪裡學功夫的人多，他就在那兒招收弟子。甚至成家後他還繼續出門辦武館，只是在祖父去世後，家裡無人種田，他才回來。他被困在幾畝貧瘠的土地上二十年了，母親靠著很少一點糧食養家，把飯做成稀粥，用餵豬的蘿蔔纓和蕃薯皮做菜，就這樣從一次收成熬到另一次收成。但即使這樣，阿濂的父親每年還要出門幾次。現在眼看兒子不想走，他豈能不著急。「你像井底裡的青蛙，以爲天下就這麼大！」說完，拿起菸斗便走到屋外去了。

父親說話的口氣儘管很溫和，但從他堅挺的背部就可看出他有著不可動搖的意志，多年的艱苦勞動都未能使他的背彎曲。阿濂知道，父親的決定是改變不了的。但母親邁著一雙小腳，蹣跚地追到父親身旁求情。

父母一走開，阿濂的嫂嫂就滔滔不絕地說開了：「你想想呀，你就要坐上不用牛拖，也不用人拉的車；每餐都有肉吃；還可以看會動的畫片，人就在片上做戲，就像影子戲一樣；還有會自己點亮的燈，點一輩子都不會滅的呀。于瀚講過的事你都會看到……」

嫂嫂的熱情漸漸感染了阿濂，這熱情，一直到母親哭哭啼啼和他告別，以至步行去車站那半天時間裡都沒有消失過。他長這麼大，除了騎水牛，還沒坐過速度更快的交通工具，因此乘廉價車到海口，再改坐輪船去香港，都成了最最新奇的事情，這種新奇感一直伴隨他度過了離家後那一天半的旅途生活。但當親戚把他領上坦達號（*S.S. Tanda*）輪船的舷梯時，阿濂便開始考慮自己未來的生活：不知船上的官員會待他好還是待他兇，不知那裡的工作是輕鬆還是辛苦。

他哥哥穿著漿洗得筆挺的酒吧侍應生制服出來了。聽完他的介紹，阿濂不再幻想了。「船上的白人官員和船員通過華人工頭向華工傳達命令，他們叫這個工頭做『林巴溫』②，所以你不懂英文也不要緊。機房裡全是『廣府』人，他們要你做事，你不一定得服從。但飲食部門的人全是海南人，你對他們就不能怠慢。」哥哥給他上了嚴肅的一課。

「你每天必須五點起床，把客艙休息室打掃好，擦洗乾淨，把一切準備妥當，然後到底艙把供應品搬上來。每天不管什麼時候，只要人家叫你幹活兒，你就得幹，不論是拿東西或擦洗東西，也不管是鋪床還是換洗床單。

「華人海員吃客人剩下的食物，所以我們要等客人吃完以後，才能吃早飯和午飯。晚飯是唯一不吃剩飯的正餐，要到晚上十點才吃。但不管白人廚師（負責分發補給品），還是我們自己的華人廚師，都是先嘗第一口的，所以你不要想會分給你很多。有保證的東西是：一般來說，晚上十一點可以上床休息，另外工錢每月五塊港元……」

這番話潘濂一半都沒有聽明白，輪船的螺旋推進器就發動起來了，整艘船都在震動。他感到腳下的甲板忽而升起，忽而又隨著船頭的顛簸落下。他連站都站不住。

這艘船很氣派——有可容納一百名乘客的客艙、餐廳和文化娛樂室，還有給船上高級官員和其他船員使用的艙房、飯廳和廚房。阿濂跌跌撞撞穿過像迷宮般的通道和升降口，他覺得不迷路不跌跤簡直不可能。艙房裡悶得令人窒息。機器房的機油味混雜著廚房烹調的氣味，再加上船體晃個不停，使他常常噁心想吐。開午飯時，他一看見一塊塊肉和泡在凍肉汁裡的蔬菜，就忍不住想找個地方嘔吐。晚飯時情況也一樣。

船上的伙食潘濂看都不想看，他空著肚子便躲到宿舍裡去，躺到自己的鋪位上，用被子蒙住頭。離家以來一直忍著的眼淚，這時簌簌從臉頰上淌下來，他把頭埋在枕頭裡失聲痛哭。聽到有人進來，他馬上忍住哭聲。但還是被人發現了。

「瞧這個娃娃仔。」人們取笑他說。

他想鑽進被子裡，用被單揩掉鼻涕和眼淚。但有個男人走過來抓住他的手。舉起來給其他人看：「你們瞧呀，比女人的手還軟哩。」

「一隻沒殼的龜。」

阿濂羞愧得又哭了。他在圍觀的人群中尋找哥哥的臉，但沒找到。他要自己管自己了。有人往他嘴裡塞了一根香菸。「給你，抽兩口啦。」那人不無好心地說，「會使你舒服一點的。」

菸把他嗆得直咳嗽。

男人們又哈哈大笑起來。「他需要的是他娘的奶呀。」

潘濂想把哭聲吞下去，於是把鼻涕、眼淚和菸一起往下吞，嗆得他眞想吐。這一天他沒吃過東西，所以什麼也吐不出來，但就是止不住乾嘔……

沙啞的哭泣聲把潘濂驚醒，但他依然迷迷糊糊。他正趴在某個物體上面，鼻子和嘴巴上都黏滿嘔吐物。他依稀記得自己掙扎著游到木筏旁，浪濤使他重重地撞在木筏上，他抓住從木筏兩旁垂落下來的救生索，但突然心生驚駭，意識到木筏上並沒有人，後來不知自己是怎樣從水中爬到一公尺高的木筏上的。他冷得牙齒打顫，每當海水從板條縫隙中沖上來，他都冷得不由自主地全身顫抖。難道就沒有辦法離開這個茫茫大海嗎？

鬼影似的烏雲遮住了月亮，使他無法看得清。不過在近兩年時間裡，他天天都走過這片吊在貝洛蒙號桅杆上的木筏。他將記憶裡點點滴滴的東西拼湊起來，再結合現在用手觸摸到的地方，直到木筏就像一個拼圖遊戲一樣，完整出現在他眼前：使木筏漂浮起來的是幾個防漏桶，桶上面並排橫著兩個窄窄的用板條釘成的甲板，板條之間有縫隙，兩邊甲板中間，是個凹進去的「井」。

他周圍都是木板，海水又不停地擊拍他的身體，從這些事判斷，潘濂知道自己一定在井裡。他想爬出去，脫掉濕漉漉的救生衣和黏在他身上，使他發冷的制服和背心。但他知道甲板並不寬，木筏又搖晃不停，他很怕自己不小心又落進海裡。

他突然想起在香港海灣裡見過的舢板和木帆船，它們停泊在大貨輪的周圍，駕這種船的男女，都能非常靈巧地在狹窄的甲板上行走，甲板上還常常放滿雞籠等物，還有小孩，甚至身上繫著大葫蘆的嬰兒……如果他現在能找到一條繩子，比如那條把木筏吊在桅杆上的繩索，就可以將它繫在腰上，這樣即使掉進水裡也不會沉下去，或給海浪沖走。

他小心翼翼跪起來。木筏並沒有因爲他身體重心的移動而傾斜，這說明木筏搖晃一定是波浪引起的。他想起剛才在海裡游時，浪愈來愈大，他撞在木筏上就是因爲浪的衝力。是暴風雨要來襲了嗎？

這種可能性使他更急於尋找繩子。但寒冷和恐懼令他雙手抖得很厲害，什麼也找不到。他又摸索了一遍。

就在他第二次在木筏周圍摸索時，他忽然想起剛才在水裡也尋找過繩子，後來是抓住一根繩索才爬上木筏的。他摸到第三個角落，左手突然碰到一個繩結，他緊緊抓住它，並用力往上拉。

一條滴著水的繩子，滑溜溜地從木筏邊上掉進「井」裡。它只長一公尺半多一點，要把它繫在腰間又能躺下來，是不可能的，但可以把它綁在腳踝上。不，萬一掉下去，繫在手腕上更便於爬上來。他用冷得發麻的手，把繩子的一端綁成索套，但決定先脫掉救生衣。他拉了拉救生衣上的帶子和扣子。

帶子繫得很緊，經過海水浸泡，加上天黑看不見，已無法解開。他低下頭想用牙齒咬開，但也扯不開。他吸了一口氣，想把救生衣像套頭毛線衫那樣從頭上揪下來。但他浸在水中的時間太長，皮肉已泡得非常嫩，一揪救生衣，身上的背心和衣服便磨擦前胸和後背，疼得像剝皮似的。他咬了咬牙，更用力地揪，希望盡快把它揪下來。救生衣在他頭部和肩膀間卡住不動了，嘴巴和鼻子都給捂在裡面，他覺得自己快要悶死了。但不管怎樣拽，救生衣就是脫不下來。一陣恐慌襲上他的心頭，他連忙用牙咬，用手扯。

終於救生衣被他揪下來了。他喘著氣，好像剛跑完幾里路似的，然後把做好的索套套在手腕上，顫抖著從「井」裡爬上甲板。

海水並沒有從甲板的縫隙間沖上來，但待在這裡風更大，還要挨浪花的襲擊。他脫下來的衣服又濕又涼，像屍體一樣，他用腳把它們踢到一邊，兩手夾在腋下緊緊蜷縮起來。但他全身還是抖個不停。

那些又粗又硬的木板和他手腕上的繩索都磨得他發疼。他感到頭昏目眩，這是由於木筏不停晃動的緣故，但他焦乾的嘴巴裡還殘留著嘔吐物的氣味，這也增加了他頭暈欲吐的感覺。遠處緊貼著地平線的地方，不知有什麼東西在閃爍，是星星，還是一隻浮在海面上的潛艇？艇上的水兵在抽菸？或者是一艘輪船的燈光？也許是正在途中的救援人員？他覺得似乎聽到機器沉悶的轉動聲。他應當呼叫還是保持沉默呢？應當盼望海上出現探照燈的強光，還是懼怕它的出現呢？他全身禁不住又是一陣顫抖。

潘濂滿懷恐懼地凝視黑夜，害怕得像個第一次離開母親獨自睡覺的嬰兒。他還記得自己第一次單獨睡覺的情形。那時他才六歲，在他眼中每個黑影都像鬼，他曾大聲呼喊睡在隔壁房間裡的母親；在這之前，他一直都是和母親睡在一起的。他聽見母親起床，聽見她把被子掉在地上，也聽見父親制止她出來的聲音。

那天晚上他是流著眼淚睡覺的。

十年後，他在坦達號上的第一個夜晚也是這樣度過的。他的喉嚨哽咽了，眼淚奪眶而出，現在他已不再是六歲的小孩，也不是十六歲的少年，而是一個二十四歲的男子漢。然而他還是哭了。

譯註①廣東方言，最小的兒子。
②即英語 Number one。

第三章　找到香菸就好了

潘濂感到口渴，還感到自己需要解手，巨大的危機感和失落感黑沉沉壓在心頭。過了一陣子他才突然醒悟：原來貝洛蒙號下沉了；他在一塊木筏上，而且孑然一身。

他蜷縮著度過了一個寒冷漫長的夜晚，現在才伸開僵硬的四肢，小心翼翼爬進井裡。他全身肌肉痠痛，套在手腕上的繩索一動，手上磨破的地方就疼得他身子緊縮。他把繩結解開，用手揉揉惺忪的眼睛，希望能看到一艘輪船，一艘救生艇，或另一塊木筏，總之，找到人的跡象。

然而四周盡是茫茫大海，深藍色的海水像一望無際的大荒原。雖然早晨陽光暖融融，潘濂卻還是直顫抖。他渾身起了雞皮疙瘩，於是彎腰想拾起那件工作服。但他剛才睡過的木板上空空的，他迅速用目光在井裡和甲板上尋找，但工作服、背心和救生衣都不見了。

他用雙手撐住甲板，穩住身體，然後半蹲半站，直起身體來，但為什麼要這樣做，連他自己也不清楚。在離他較遠的角落裡，甲板縫隙中間有個東西在發光。是紐扣嗎？他向前邁了一步想仔細看看。原來是他救生衣上的帶扣，救生衣掉到木筏邊上，如果不是這個金屬帶扣卡在板縫裡，它早就掉到海裡去了。

潘濂嚇得連忙俯身想把它拾起來。但木筏突然一陣搖晃，把他摔倒在甲板上。他本能地伸手找支撐物，但什麼也抓不到。他給嚇得連尿都溢出來了，甲板上一片尿濕，但恐懼使他連害臊都管不了。

橙黃色的救生衣鮮艷奪目，在波浪上起伏，已漂到他伸手摸不到的地方。海浪緩慢而柔和地一起一伏，木筏似乎在原地不動。但剛才木筏突然劇烈搖晃，說明大海只是表面上懶洋洋，其實隱藏著可怕的力量，他隨時都有可能像救生衣一樣輕易就被拉走。他提心吊膽地退回到井裡，好像走下險峻的山崖一樣。

橙黃色救生衣在海面上漂著，在無邊無際的藍色大海中顯得特別搶眼。但剎那間它就不見了，消失得比潘濂想像的要快得多。什麼都沒有了，不見了。但也許由於木筏貼著水面，幾乎與大海在同一個平面上，因而他的視線受到影響？

昨天在游向木筏的時候，他曾經想，如能游到那裡，自己就有救了。現在他卻沒有這種把握。他蹲在木筏中央的凹井裡，這井約一百八十公分長，九十公分寬，兩邊各有個小隔間，井的兩頭分別放著個金屬容器，它們像欄杆似的把他圍在裡面。但井底的板條間有縫隙，海水流進流出，他的腳和臀部都給沖濕了。無論如何，他是很難感到安全的。

木筏上的兩個甲板更是叫人難安。它們橫在井的兩邊，約兩百四十公分長，但只有六十多公分寬。夜間他躺在上面，即使手腕上套著繩索，仍提心吊膽，生怕掉下去。剛才他就是在甲板上摔倒的，救生衣和其他衣服也是從甲板掉進海裡的。

潘濂用手使勁摩擦手臂和大腿，想趕跑那揪心的寒冷。他眞想運用意志力把輪船或飛機召喚來。如果他們當時有護航船隊，他早就獲救了。但他們沒有，因此拯救工作就慢得多。但要等多久呢？他們不會派飛機或船出來專門尋找的。但貝洛蒙號最後發出方位報告時，一定會有其他船隻在同一海域航行，它們一定會收到注意搜尋倖存者的通知，因此其中一艘一定會發現他的。

他口很渴，也很想抽菸，因此環視木筏四周，想尋找木筏上備用的救援物品。他前面那個金屬容器上印著數字和英文字母。他逐個兒讀出字母來，然後再連成一串：「10-G-A-L-

L-O-N-S W-A-T-E-R」，十加侖水！容器上掛著一個很大的金屬鑰匙。他慢慢向前挪動身體，取下鑰匙，把容器蓋子擰了一下。

蓋子蓋得並不太緊，他稍稍用力就打開了，裡面是清涼誘人的飲用水。他放下鑰匙，想用手捧水喝，但馬上意識到自己手上的泥和油會把水弄髒。裡面應當有個長柄勺的。他望了望對面那個金屬容器，又看了一眼甲板下面那兩個隔間。它們外面都沒有貼文字說明。他又把鑰匙取下來，然後爬到另一個容器前面，把蓋子擰開。裡面簡直是個寶庫啊！有罐頭，有一包包、一瓶瓶的東西，而放在最上面的，是一個像玩具般小巧玲瓏的長柄勺子。

潘濂猜中了，這是個吉利兆頭。他頓時心情開朗，馬上站起身來，兩手幾乎沒扶住井邊就走回水箱旁，把勺子放進水箱裡，舀起水貪婪地喝起來。第一口水並不好喝，因爲他嘴裡都是嘔吐物酸溜溜的味道。第二口他用來漱口和漱喉嚨，連續吐掉幾口後才發現，水的味道不好，是因爲它不新鮮。儘管不好喝，它還是解渴的。潘濂喝了一勺又一勺。

喝飽之後，他用繩子繫住勺柄，把它綁在水箱上面的板條上。他重新蹲下來，不知下一步該做些什麼。他既想打開金屬容器尋找香菸，又想觀察海面，注意可能出現的船隻，還想閉上眼睛睡覺，一直等到救援來……

他雙臂抱住前胸，瑟縮起來。如果木筏上有其他人，各種任務就可以由大家分攤，有人監視海面，有人保管東西，其他人可以輪流休息，講講笑話，互相鼓舞士氣。

他扶住甲板站起來，搜索海面，希望發現另一塊木筏。但水面上耀眼的陽光使他眼花繚亂，什麼也看不清，他只好認輸，再蹲下來。貝洛蒙號上有五個觀察哨，船尾一個，船橋上一個，指揮塔上兩個，船頭一個；但他們顯然都沒發現那條潛艇，而木筏要比潛艇小得多。他在水裡游的時候，與木筏相距並不太遠，浪也不大，但木筏仍經常從他的視線裡消失，雖說他明明知道木筏就在那裡。他永遠找不到那另一塊木筏的。同樣的，沒有人會發現他的——除非能發出信號。

潘濂急忙轉過身，挪到金屬貯物箱前。長柄勺就是在那裡找到的。他開始在箱內一瓶瓶罐罐頭和盒子中翻尋，先擰開一個大金屬罐的蓋子，在裡面發現六個用防水紙包好的圓筒。他打開其中一個的紙包，裡面是個長管狀物體，管上有根如掃把柄一般粗細的木把手，很像過年時放的煙火。他仔細看了一番，但無奈地嘆了口大氣。在輪船上操練了六年，他連怎樣放下一艘救生艇都不會，現在又該怎樣發射發光信號彈呢？

他注意到紙上印著字，是說明書嗎？他跪下來把紙攤平，把信號彈放在旁邊，然後一個字一個字念出聲來。念完一遍又來一遍，反覆讀了幾次，並根據自己的理解用手比劃著。

看來並不複雜。但要知道自己是否眞正看懂了，只有用實物試驗一次。信號彈卻少得可憐。在放信號彈的金屬罐旁還有兩個罐子，他拿起其中一個。過去操練時，他曾見過人家怎樣點燃煙罐。現在這個煙罐上有一根針，他估計這便是引爆扳機。但同樣，在沒有試驗之前他是難以肯定的。

他壓抑心中湧起的恐慌，把煙罐放下，隨手拾起一個又長又重的手電筒。手裡拿著一件自己熟悉的東西，是令人欣慰的。他推了一下開關。耀眼的陽光使他無法斷定手電筒是否亮了。他用手擋住電筒玻璃，遮住太陽的照射。燈泡確實發著亮光。如果他要在木筏上再過一夜，起碼不用摸黑了。現在要是能找到香菸就好了，菸能使人鎮定，緩和煩惱。一旦他情緒穩定下來，就可以更清晰地思考問題，信號彈上的說明文字也就好弄懂了。

金屬容器最下面一層放著罐頭和食品，有些上面印著文字，但對潘濂來說，它們只是一串串毫無意義的字母。有些食品如巧克力、煉乳、白糖等，他一看就懂。這時他才意識到，自從昨天早上吃過早飯，他已有一天多沒吃東西，他肚子很餓。潘濂打開標著「糖」字的布口袋，取出一塊大麥糖吮起來。

香甜的糖味喚起了兒時吃糖果的回憶。那時吃糖果是件稀罕事，是一種奢侈的享受。此刻他就像小時候一樣激動又好奇。他把容器裡的東西拿出來，分成「知道」和「不知道」兩堆，齊齊排在井兩邊的甲板上。在「知道」那堆裡，有兩磅巧克力糖、五罐煉乳、一袋大麥糖和一瓶檸檬汁。在「不知道」那堆裡，有六個盒子、十個罐頭和一小瓶藥片。

他拿起一個橢圓形的扁罐頭，把印在上面的一串字母逐個念出來：「PEMMICAN, DRIED, BEEF, FLOUR, MOLASSES AND SUET。」①他無法想像這些東西混在一起是什麼樣子，但除第一種之外，其餘的都是他在貝洛蒙號的儲藏室裡見過的食品，這給了他信心，他可以嘗一嘗。

與其他罐頭一樣，這一個上面也有個小鑰匙。他取下鑰匙，用它把罐頭上一個小箭頭指著的「尾巴」撬起來，然後把「尾巴」穿進鑰匙末端的小孔內，再扭動鑰匙，直到封罐頭的那條窄窄的鐵片全部捲在鑰匙上。他啓開罐頭蓋，裡面是一種粉狀東西，他用食指沾了一點放進嘴裡：那東西帶點鹹味，味道還不錯，很像牛肉汁的味道。他又用手指沾了一些放進嘴裡，接著又嘗了三次才把它蓋上。現在要想辦法打開那瓶藥片。

蓋子卡得很緊，他在甲板上敲了幾下，直到蓋子鬆動得可以擰開。他從商標「MALTED

MILK」②上認出「牛奶」一詞。那些小片的味道，很像他在船上爲值夜班的高級船員準備的「好立克」飲料。

他一邊嚼著這些小「藥片」，一邊打開另一個盒子。裡面的東西四四方方的，是一塊塊深棕色的餅乾。總算找到一點實實在在的食物了！他拿起一塊便啃，但牙齒碰到的是十分堅硬的東西，根本咬不動！他驚訝地看看那餅乾，上面連他的牙印幾乎都看不到。餅乾上「HARDTACK」③一字突然映入他的眼簾，他知道「HARD」是「硬」的意思，於是開始從餅乾的角上小心翼翼啃起來，掉下來的餅乾碎很小，眞不值得花那麼大的勁兒去啃。如果他先用海水泡一泡呢？船上有假牙那個高級船員，吃餅乾時就喜歡用茶泡。也許泡軟些就容易吃了，說不定海水的鹹味還可以給它增添味道哩！

潘濂側著身體，把手中的餅乾浸進海水裡，匆忙中，肘部竟打翻了那瓶濃縮麥芽糖奶片，堆在周圍的罐頭、壓縮餅乾和信號彈也被撞倒了。壓縮餅乾一塊塊從甲板上滑進大海裡。潘濂驚呆了，眼睜睜看著它們無法動彈，隨即才像從昏迷中醒來似的，馬上把罐頭和一包包東西抓起來塞回金屬容器內，並擰緊蓋子，然後無力地倒在凹井邊的一個角落裡。

他頭疼得要命，用雙手抱住頭，好像怕它摔碎似的。按照船上的規定，每艘救生艇和木筏，都應配備一個有艙面工作經驗的合格船員充當指揮員。這就像他小時候需要父母親、祖母、教師教導一樣，有人指揮，才知道應該怎樣做。他在船上做事，一向是聽從哥哥或比自己階級高的侍應生和船員指揮的。他從小長到大，從來都有人告訴他應該怎樣做。但現在，當他最需要指導，當判斷上出現一個錯誤就會斷送生命時，卻偏偏無人指揮他。在僅僅一晝夜間，他已經丟掉救生衣和自己唯一的禦寒衣服，還幾乎喪失掉所有的食品和呼救信號彈。如果不快快來人救援，他將怎樣活下去啊！

□

午後的陽光像利箭一般射在潘濂身上。他汗涔涔的皮膚感到一陣又一陣刺痛，好像被螞蟻啃蝕一樣。他的眼睛像著了火，一眨眼眼皮就感到銼痛，大海和天空一時之間也變得朦朧，成了一個閃爍的發光體。

他反覆告訴自己：現在曬他的陽光並不比昨天的陽光強烈，現在的太陽，也不比夏天把他們村子曬得像火爐一樣的太陽厲害。不過，昨天他身上穿著衣服，還有船上的鋼板遮蓋，即使在家鄉也有樹木遮蔭，還有涼爽的磚房。但現在，他只有皮膚上那層乾掉的泥和油，此外便是頭髮上的鹽巴。鹽巴已經使頭髮變成硬梆梆的，像稻穗似的豎在腦袋上。

潘濂希望可以在甲板下面兩個隔間裡找到能遮擋陽光的東西。他跪在其中一個前面，解開綁住隔間門把手的繩子。一對木槳從裡面滾出來。木槳？他記憶裡木筏上並沒有固定木槳的槳架。但家鄉的舢板船也沒有槳架，人們在船尾用櫓也能划船。不過舢板又輕又長，而木筏四四方方，而且很重。靠他自己一個人是沒有辦法划動木筏的。

他把隔間的門拉開，隔間的後部是密封桶，由於一部分空間已被桶子佔據，因此隔間很淺，大約只有兩個木槳的寬度，裡面除了一捲帆布之外，什麼也沒有。他把帆布拖出來，一碼又一碼窄窄的白帆布，佔據了井間，白得叫人目眩。

潘濂把帆布折起來，每一折的長度大約到自己的肩膀那樣高。他以自己的身高為標準來丈量帆布的長度。他身高一百七十二公分，每一折帆布估計有一百五十二公分，總共為六折。這就是說，他手上捧著長約九公尺又十幾公分的帆布。

他感到有些莫名奇妙，不明白這帆布的用途，於是打開另一邊的隔間。裡面整齊地堆放著四根柱子和又一捲帆布。這塊帆布的長度與寬度一樣，每個角上還有個方形洞口，洞口旁有兩根帶子。柱子的一端呈錐形，上面有個小洞，帶子恰好能從小洞穿過去。

潘濂把手伸到甲板的一個角落裡，在那兒找到一個四方形的槽孔，木柱子的底部正好可以塞在裡面。其餘三個角落也有相同的槽孔。他手中拿的是搭棚子的材料哩！他嘴邊不禁泛起一絲苦笑。這些木柱和這塊帆布篷，簡直是對他的殘酷嘲弄，因爲他自己一個人永遠無法把柱子扛到甲板上，安進槽孔內而不跌進大海裡。

他試著用那塊正方形帆布蓋住井口，自己躲到帆布下面，那捲較窄的帆布則放到腦袋下面充當枕頭。這樣他可以不受太陽直接的照射了，海水又不停地沖刷著身體，因此似乎感到清涼一些。但帆布下面陰陰沉沉的，無事可做便只能胡思亂想，心煩不安。他撫摸著手腕上的傷痕，心中盼望著能抽上一口菸。這傷痕是昨晚用繩索綁手腕時磨出來的。如果還要在木筏上過一夜，還能用什麼東西綁住自己呢？他思忖著。

狹小的空間愈來愈悶熱了。他的下身由於長時間被水浸泡，已經開始發脹。如果把那捲狹長的帆布重新疊成一個厚墊子，自己待在上面，這樣是否可以不接觸水呢？

潘濂把遮篷推開。面對突然的強光，他瞇起眼睛，跌跌撞撞站起來。那捲帆布從他手中掉下來，變成亂糟糟的一大堆。他咒罵著翻找布頭。帆布的一角突然落入他視線中，他連忙抓過來，發現帆布邊上有六個金屬孔，每個孔裡面都穿著根帶子。他剛才爲什麼沒發現呢？潘濂開始激動地在帆布的另一邊尋找，當他發現那裡也有六個金屬孔，而且孔中也穿有帶子時，他高興地笑出聲來了：如果他用帆布把木筏圍起來，就成了一種圍牆，可以保護他和他所有的物品免於落入海中。

在沒人幫忙的情況下用帆布把木筏圍起來，是很困難的，不過也並非不可能。潘濂一手拖住帆布，一手抓住甲板的板條，肚皮貼著甲板慢慢移到木筏邊上，然後一寸一寸把帆布圍在木筏周圍。他的背曬得直起泡，臀部像著了火。他從未想像太陽會把人曬得這樣疼。但整塊帆布漸漸把木筏圍住了，他把帆布的兩頭繫在一起。

那些木柱足有一百八十幾公分，很笨重，要從井裡搬出來很不容易。他使盡力氣把其中一根抬到甲板上，然後自己跟著爬了上去。木筏四周雖已圍繞著一圈大約七十五公分高的「牆壁」，潘濂仍十分小心。他把木柱抬起來，將它推到木筏邊上，然後跪著把它的底部插進木筏角上的洞口裡。木柱無任何東西固定，但似乎很牢固，潘濂用力推它也不搖晃。

他把另三根木柱逐一安裝好，累得直喘氣，汗流浹背。他用手臂抹一抹臉上的汗水，重新爬進井裡，準備休息一會兒再幹活兒。

不能再拖延了，他必須在甲板上站起來工作。他用繩子捆住一隻腳踝，然後一隻胳膊抱住柱子，另一隻手把沉重的帆布篷舉到頭頂上，辛苦地將帆布角上的方孔穿進錐形的柱子頂端。令人窒息的酷暑、勞累和飢餓，使潘濂頭昏目眩，呼吸困難。但事到如今，他怎能半途而廢？他繼續工作，直到把帆布的四個角都安好，並用帶子繫牢。

他爲自己的成果感到自豪：帆布篷既遮蔭又通風，而且不會影響他的行動。他突然回想起人們蓋新屋時的情形，每當上主房樑，或屋頂合攏時，人們都要慶祝一番。他現在沒有雞，也沒有爲舉行儀式準備的包子、茶和酒，慶祝典禮上點的蠟燭、香和爆竹等也沒有。但他有檸檬汁，還有糖和巧克力。他感到一陣從未體驗過的、成功所帶來的無上喜悅。

巧克力糖在他嘴裡慢慢溶化，接著是美味可口的乾肉餅，然後是酸溜溜的檸檬汁，喝了它再吃大麥糖，糖就顯得更甜了。下午的微風吹拂著他的臉。耀眼的強光緩和了。潘濂重燃信心，他站在木筏上用目光搜索海面和天空，深信救援很快即將到來。

譯註①這些字分別是乾肉餅、牛肉乾、麵粉、蜜糖和脂肪。
②用奶粉、麥芽糖、麵粉合成的飲料或糖片。
③水手們吃的硬餅乾。

第四章 天后

夜，爲潘濂的樂觀情緒籠罩上烏雲。他眼睜睜躺在甲板上，似乎聽到有人在說話，還有發動機的嗡嗡聲。但當他打開手電筒，什麼也找不到，只聽得海水拍打木筏的響聲。

他被太陽曬得發燙的皮膚，此時裸露在夜間潮濕的海風中，使他備感寒涼，全身不停地顫抖。他現在才明白有些海員即使在熱帶地區航行，也要穿上長袖羊毛內衣褲的原因。他們是害怕沉船。但這個道理他明白得太遲了。他很懊惱自己不小心，竟把背心和工作服丟掉。站起來走一走也許會暖和些。

他用雙臂抱住自己的胸脯，開始在木筏上踱步。月亮像潔白的玉碟高高懸掛在無雲的天空。海面很平靜。圍在甲板四周的防護帆布高出甲板許多，但潘濂仍無法擺脫恐懼，怕一失足便掉進大海，因此他猶猶豫豫地邁著小步，像個纏足的小腳女人。

他回想起母親在廚房和院子裡蹣跚的樣子，還想到父親和嫂嫂。今晚照著他們的也是這同一個月亮嗎？他們是否望著明月也在思念他呢？他們還活著嗎？他離家三年期間，每到一個港口都要寄信回家，還盡可能寄錢回去。但自一九三八年日本人進攻海南島後，家裡的音信便中斷了。他已有一年沒收到二哥于瀚的信。二哥已不再行船，現正在印度為中國軍隊當譯員。而大哥于淵仍在日本人占領的檳榔嶼，那是在馬來西亞北部。他潘濂是否唯一活在世上能為潘家傳宗接代的成員呢？父母在天之靈是否只能靠他燒香供奉呢？

一想到鬼魂，潘濂便聯想起那些淹死的人們。他們死後變成水鬼，除非找到替死鬼，否則他們要永遠待在水底侍候水神。因此水鬼們總是在河流和海邊尋找機會，把人們的衣帽吹進水裡，當物主想從水中撈回失物時，他們便詭計多端，使物品漂到人們伸手抓不到的地方，物主因而失去平衡落入水中，永遠葬身水底。難道在沉船中死掉的伙伴們變成了水鬼，是他們使他的救生衣滑到木筏邊上嗎？當他伸手去撈時，又是他們把他絆倒嗎？難道他的背心和工作服也是他們拖到海裡去的嗎？壓縮餅乾是他們打翻的嗎？他們是否在附近等待機會，讓他跌進水裡呢？

他的菸癮又上來了，他很想打開食品箱取出一塊大麥糖來吮，但很快打消了這個念頭。

他需要的是辛辣的菸味，以及吸菸產生的興奮效果，其他東西是無法代替的。他躺回甲板上，閉目回憶自己最後一次抽菸的情形。那是在船被魚雷擊中之前不久，他追憶每一個細節，彷彿自己正在抽菸。

他記得自己如何從那個扁平的鐵皮菸盒裡取出菸紙和一小撮菸絲，然後把菸絲橫灑在又薄又白的菸紙上，再把它捲起來，一頭大一頭小，大的那頭他要點燃。然後他用舌尖把紙邊舔濕，輕輕用手捲實。他劃了一根火柴，火柴辛辣的硫磺味是先導，接著便是第一口菸帶來的歡樂。菸撫弄他的舌頭和口腔嬌嫩的薄膜，然後穿過喉嚨，進入肺腔，再從鼻孔裡噴出來，吸的樂趣此時達到高潮，完成了令人心滿意足的一次循環。

潘濂想得入了迷，彷彿仍在貝洛蒙號上享受著每天晚上完成任務後那幾分鐘屬於自己的時間。每天的這個時候，他都獨自跑到甲板上抽支菸。每抽一口，從船艙裡傳出來的粗野戲謔聲和輕快的笑聲，便似乎變小一點，船上那種令人窒息的汗臭味和油膩味，也漸漸被遺忘了。他從小喜歡獨處，有時獨自藏在河邊的垂柳下釣魚，度過一個又一個漫長的下午。他並不喜歡香港的生活，那時好多學生擠在一個小小的宿舍裡，街道和住區都人潮擁擠，叫人無處躲避。然而現在不同，他想像不出有什麼比人打招呼的聲音更動聽，比人擠在一起的感覺更親切。

□

臨近天亮時，一層薄霧開始凝聚在木筏的周圍，這使潘濂更加難受。他已筋疲力竭，由於一夜時醒時睡，精神十分疲乏。他瑟縮在角落裡，焦急地盼著天空快些出現彩霞，盼望暖烘烘的太陽快些升起，好讓他尋找船隻的影子和船上煙囪冒出的青煙——發出呼救。

靠近東邊地平線的地方，天空開始呈現一片銀灰色，還間雜著粉和藍的條紋。但西北方向的天空上聚起厚厚的雲層，黑雲低得嚇人。他爬進井裡，從木筏邊上探出身體，觀察頭頂上的天空。浮雲瀰漫，彷彿還沒決定是應當散開或聚攏。他似乎聽到飛機低沉的嗡嗡聲，但仔細搜索天空後，沒發現飛機。他懷疑自己聽到的是遠處的雷聲。

是他自己的想像，還是雲層眞的更黑了？在東邊水天相接的地方，出現了一片耀目的金黃。沒有一絲微風吹動水面或攪動溫暖潮濕的空氣。但他仍無法擺脫心中生起的愈來愈逼人的疑團。他情不自禁地默默向天后求救，她是水上人家的保護神啊！

木筏突然劇烈地搖擺起來，潘濂幸好抓住甲板才沒有摔下去。他以爲暴風雨來臨了，因此雙腳蹬住，準備迎接下一個巨浪。但他向海面望去，只見海水仍像剛才一樣平靜。難道眞是水鬼在搗亂嗎？

他被第二次猛烈的搖晃甩到凹井角落裡。在倒下的一剎那，他似乎看見一條大魚在撞擊木筏，那魚像豬靠在豬圈上抓癢似的在木筏邊上蹭脊背。他連忙站穩，仔細環視周圍的水域，果然在右舷看到一個暗灰色的三角鰭。是鯊魚？

他只看過一次鯊魚，那是在香港的海灘上。那次同學們都下水游泳去了，他坐在沙灘上爲他們看衣服，突然救生員搖起鈴，大家聞聲紛紛鑽出水面朝沙灘上跑。四周響起眾人的叫喊聲：「鯊魚來了！鯊魚來了！」潘濂朝大家指的方向看去，只見一個、兩個、三個暗暗的三角鰭在水面上浮動。那天沒有人受傷，但在回學校的路上，同學們談論著，據說曾有游得慢的人被咬掉一條腿、一隻胳膊，甚至丟掉性命。這些故事總在他腦中縈繞，他趕忙爬到甲板上。

鯊魚是從哪兒來的？已在這裡待了多久？昨天撞擊木筏的，是這頭鯊魚嗎？還是突然沖來的浪？或是水鬼在捉弄他？也許是另一條鯊魚？如果確是鯊魚而他沒有看見，那麼會不會有輪船或飛機經過，而從他視線中遺漏？

他又搜索海面，看有無第二條鯊魚的影子，但沒有發現。不過在木筏後面平靜的海面上，他注意到有股熱風不時攪動海水，激起一片片水花，但旋即又變成黑沉沉的漣漪。要起風了，這是暴風即將來臨的前兆。

井裡應是躲避暴風的好地方，鯊魚尖利的嘴巴不至於透過木筏的底部咬到他。但他仍沒勇氣離開甲板。幾周前，他們在開普敦時，他曾聽說有個華人船員在木筏上漂流了三天後獲救，但腿上留下了鯊魚的牙印，人也瘋了。

他突然想起那條繩索。他把繩索繫在手腕上，然後肚皮貼住甲板平躺下來，他已做好準備，風暴一起，便牢牢抓住木板。他又想到要念經，求天后保佑，但不知該說什麼才好。於是他閉上眼睛，想像神靈的出現，宛如他七歲那年第一次見到天后神像。

他們村不靠海，因此父親每年都要到海邊去兩三次，採購些海味，拿回家來賣。經過多年求情，潘濂終於說服父親帶他一同去。父親與漁民討價還價時，潘濂便跑到海邊去——一望無際，像絲綢般輕拂海岸的浪花，把他迷住了，海水流過他的腳趾，彷彿在和他嬉戲，然後又歡樂地滲進他腳下的熱河裡。

極目所見，浪尖像無價寶石一樣閃爍著光焰，他蹚到水中，用雙手捧起水花，但不管他把小手捏得多緊，那些閃亮的水珠總是從指縫間流跑。他失望地大哭起來。

爲了逗他開心，父親帶他去看天后廟。但女神黑墨墨的眼睛和臉孔，還有她兩個醜陋的侍神——千里眼和順風耳都使阿濂害怕，他嚇得又大哭起來。父親向他解釋，天后的黑臉表示她爲人公正，不爲自己，不管對男人或女人都一樣關心，毫無偏頗。但那時阿濂太小，聽不懂。後來父親給他講述天后第一次顯靈的故事時，他才停止哭泣。

父親說，天后那時才七歲，和阿濂一樣年紀，她父親和兩個哥哥在海上遇到暴風雨，她當時在家裡和母親說話，但感覺出父兄的船在海上顚簸，船上的人都驚慌失措。於是天后的靈魂飛離她的身體，瞬息間，便將兩個哥哥抱在手裡，把父親含在嘴裡飛回岸上。

她母親嚇壞了——女兒正說著話，但突然全身變得僵硬冰冷——她哭叫著要女兒快快醒來。女兒被母親感動，張嘴要回答。但才張開嘴巴，父親就掉下來淹死了。她沒有埋怨母親，反而非常愛惜她，並決心終身不嫁，以侍奉母親。

潘濂覺察到海水正從木筏底部的板縫間沖進井裡，木筏上下顚簸得很厲害。他緊緊抓住木板，抬起頭從防護帆布上向外張望。太陽已經消失。深綠色的浪濤從起伏不定的地平線那端翻滾而來，浪谷像一個個藍灰色的水槽。電光劃破烏雲，彷彿在給天空著色，又像在天幕上撕開一個缺口，讓滂沱大雨傾瀉下來。遠處響起深沉的雷聲，暴風雨突然像一群奔騰的高頭大馬，怒氣衝衝地向他這個毫無抵抗力的對手撲將過來。

他調轉頭，猛然見到東面天空中仍閃著一片金光，好像這是天后留下的語言。一個年輕時就有如此威力和同情心的女神，現在成了天庭的皇后，可不是該更加仁慈嗎？

陣風呼嘯著吹過海面，削掉高高捲起的浪尖，鞭撻著防護帆布和防雨篷，拖拽著木筏上繫緊的繩子。潘濂想吹聲口哨，但吹不出聲音來。又澀又苦的膽汁都翻上來了，他咬緊牙關，強迫自己把它嚥下去。

大雨驟降。洶湧的巨浪猛撞木筏的四周。風掀起的浪花和颳來的雨點打得他臉上發疼。他的手腕也被繩索磨得很痛。木板上的刺，扎進他手掌裡，他全身肌肉都由於緊張而繃得緊緊的。但他一動也不敢動。

轉瞬間，暴風雨停了，它走得也如同它來得那樣突然。把大雨颳來的颶風，現在又把雨颳到遠處地平線那邊去了。木筏還在顛簸，但大海迅速平靜下來。一條彩虹在空中弓起，像五彩繽紛的橋樑似的把海與天連結起來。但他仍放心不下，因爲他非常明白，假如在救援來之前眞的颳起一場大風暴，他將毫無抵擋的辦法。

第五章 不過是幻覺

暴風雨過後幾個小時，潘濂餘悸猶存，每當光線戲弄水面，他都以爲是鯊魚鰭的掠影。他還把一條鯨魚誤認爲潛艇，一直到鯨魚往空中噴出水柱時，他才恍然大悟。鯨魚在水中躍起，潘濂擔心它會游到木筏下面，把木筏掀翻。其實他完全清楚，釘在鼓狀金屬圓桶周圍的板架，底和面的結構一樣：兩邊爲甲板，中間留空，因此不管木筏怎樣從輪船上丟到海裡，它都不會沉沒。但現在他已安上柱子，又支起防雨篷，他應當如何保護這些東西使它們不受損呢？他自己如何能更安全？是用繩子把自己綁在木筏上，還是萬一落水時在水上四處漂浮呢？

鯨魚又一次躍出水面，但這次距他有四、五十公尺遠，潘濂因此放心了。鯨的背部，被午後陽光照得金光閃閃。但當鯨魚拖著沉重的身體圍著木筏游，潘濂又著急了，一直到鯨魚發出巨大的噴氣聲並向遠處游走時，他才終於放下心來。鯨魚一邊游，一邊在身後排出一長串褐色糞便。

但他安心得過早了。三條體形像魚雷似的魚，衝過來撞擊木筏，潘濂猛然失去平衡，摔倒了。這些魚只有一公尺左右長，怎能撞翻木筏呢？何況有防護帆布，他不會輕易跌入水中。但他仍很緊張。這些魚和鯨魚不同，沒有游走，要發現它們也並不容易。

白天太陽吸掉的水氣，到夜晚便凝聚成霧靄；籠罩在海面上。夜風又勁又涼，颳到臉上像刀割。潘濂渾身顫抖，夢想自己能泡在熱水裡。就在這時，他十分肯定自己看到幾束銀光閃過，好像是從黑漆漆的舷窗裡閃出來的光，依稀辨認出像一艘船似的巨大輪廓。他聽到發動機的響聲，還有人們說話的聲音，於是立即打開手電筒，用信號表明自己的位置。從水中突然飛出一件東西，扭動了一下便撞在他手上。他大聲驚叫，手中的電筒也掉到甲板上了。在電筒亮光從甲板上滾過的一剎那，他看見一條飛魚張著口躺在甲板上喘氣。他感到自己十分愚蠢，連忙把那魚丟回海裡，心中盼望著黎明快些到來。

第二天早晨，他在繩索上打了三個結，兩個代表已經熬過來的兩天，另一個表示即將開始的一天。他不想吃東西，但知道自己必須吃。為了使壓縮餅乾容易嚥下去，他試著把一塊放進罐頭盒內，用那把很大的水箱鑰匙將它搗碎，再加水拌成粥，然後加一點乾肉餅調味。有規律的攪伴動作給他以慰藉，像念書時在硯台上磨墨一樣，一圈一圈使人感到恬靜。他又往罐頭盒裡放進幾塊餅乾，以便延長這種新的樂趣。

但吃這種黏糊糊的食物毫無樂趣可言。不管他花多大勁兒往下吞，每一口都黏在他喉嚨裡，就像過去祖母做的那些不甜不鹹的湯圓一樣。即使多加水，那漿糊似的東西也黏住他的上顎，不管用水還是用舌頭都弄不下來。他索性用手指把它清除掉，用水漱漱喉嚨。

他不再爲吃東西而耗費精力了，而決定把信號彈的說明書再琢磨一遍。爲了方便取用，他有意把信號彈放在貯物箱的最上面。這些事做完之後，他又集中精神觀察海面和天空。一群飛魚輕鬆地從水面上掠過，它們的鰭在陽光下閃著銀光。飛魚忽而拍著鰭一躍而起，忽而又落下，然後再次騰空，很像他小時候在家鄉用扁平石塊在小溪上掠水。當飛魚從木筏的右舷飛過時，潘濂發現它們被追逐，正在逃命。是鯊魚嗎？

潘濂急忙抱住木筏角上的柱子爬起來，仔細觀察。追逐飛魚的原來是一條全身滑溜溜的金藍色大魚，它像刀子似的切過洋面，速度和方向的準確度都猶如快艇，還在身後留下一條長長的白色水花，它可以準確地在飛魚落下的地方停住，剎那間，那片海水便瘋狂地翻騰起來。隨即飛魚又躍起，猛烈地拍著魚鰭，同時利用尾巴的力量增加速度。但那條金藍色大魚又一次搶在目標前，飛魚一落下，它已在那裡等候，這時水裡又熱鬧起來，兩種魚打鬥著，像一群狗在搶食。

這條金藍色大魚也像鯊魚那樣張開大嘴，征服自己的犧牲品也會攪得海水浪濤滾滾，但它的威脅性似乎不及鯊魚，也許因爲它對潘濂不理不睬的緣故吧。隨著日子一天天過去，救援的跡象全無，他開始盼望這些大魚的出現。

□

終於，到了第六天，當他剛剛在繩索上繫了第六個結時，一艘輪船突然映入他的眼簾。起初它不過是遠處海平線上一個朦朧的影子，後來影子變得更加淸晰，它隨著浪濤在起伏，唯一穩定的東西是它冒出的一縷細細的青煙。

潘濂興奮得連肚子都直翻騰，他急忙跳進凹井裡，從容器中取出信號彈，然後再爬回甲板上。船卻不見了。

理智告訴他，一艘眞船是絕不會消失的，他所看到的影子和煙都不過是幻覺。但他仍不斷搜索海面。這麼多天過去了，怎可能連一艘船、一架飛機都見不到呢？除非貝洛蒙號沉得太快，或報務員受了傷，或發報機被損壞，以致呼救信號根本未能發出去。

潘濂垂頭喪氣瑟縮在井裡。如果沒有發出呼救信號，誰也不會知道貝洛蒙號已經沉沒，一直到它誤期，遲遲不到達港口才會引起人們注意。但戰爭期間，船期是很難保證的，港口官員可能要等船期誤了好多天，才會過問。這意味著，從沈船那天算起，要過十多天才可能通知船隊和飛機注意搜尋倖存者。但在這期間，他漂離人們要搜尋的區域，而且愈漂愈遠。

他習慣性地伸手到胸前，想從衣服口袋裡取出菸絲和菸紙，但摸到的是自己赤裸裸的肉體，於是失望、氣惱地摩挲著腮上長出的硬鬍渣。他眞想把木筏兩側的隔間再好好翻一遍。

他曾兩次夢見木槳後面藏著菸絲和菸紙。第一次作夢醒來後，他眞的跑到隔間那裡翻找，當然什麼也沒找到。第二次作夢，他又見到這兩樣東西，但還沒等他拿起來，一陣風吹來把它們颳跑了，他連一張菸紙和一點菸絲都沒弄到。

他懷著絕望的心情拿出一塊大麥糖，狠狠咬了一口。但甜絲絲的糖味更加重他的菸癮。

飢餓也在折磨他，攪得他一陣陣肚痛，使他無法集中精神思考問題。

酷暑和大海一起向他逼來，他感到自己就像待在船艙的鍋爐房裡一樣，船員們洗好的衣服通常都掛在那裡晾乾。每次他走進去，一股令人窒息的熱浪便向他撲過來，彷彿要把他肺裡的氣都擠光。他看見鍋爐工們汗涔涔的皮膚被烤得通紅，像爐膛裡紅通通的煤塊，心裡頗納悶，不知他們怎麼能忍受從敞開的爐門裡衝出的熱浪。現在他才明白，他們如同他現在一樣，沒有其他路可走，便只好忍受。但對他們來說，總有解脫的時候，做完一班就是解脫。但他呢……

第六章　屈辱與死亡的紅雲

到第七天，潘濂已經學會在顛簸起伏的木筏上站穩腳跟，甚至當木筏遇上大浪，或遭大魚撞擊時，他也不會跌跤。當然，在木筏上只能走幾步，這種單調運動使他感到彷彿被關進籠子裡一樣。整個甲板只有三步寬，走到頭便只好轉身，再走三步，然後再調頭。他心煩地跪下來，探身到防護布外面，把海水撥到頭上和肩上。

波紋蕩蕩的大海，很像一條正在鬆弛筋骨的大龍，那些難以預測的小浪使他心緒煩躁。每當微風吹散浪花頂端的白色泡沫，一條小小的、泛著紅光的彩虹便會出現，但很快又會變成煙霧般的水沫。飛魚不時貼著水面掠過，使波光粼粼的大海更加晶瑩耀目。

一陣依稀可覺察到的風吹過，魚群散開了，像被農民追捕的蚱蜢似的蹦蹦跳跳躍過洋面。潘濂搜尋那條金藍色的魚，卻發現水中有個細長的暗影。是三角鰭？不，那是一條細管狀的東西——是潛望鏡的頂端。

他急忙在防護帆布背後臥倒，然後從帆布上面窺測。海面上出現一片模糊而不尋常的波浪，隨即一個潛望鏡和瞭望塔的塔頂露了出來。他連忙把頭縮下去。

他咬著嘴唇，思考自己應當怎麼辦。在大西洋洋面上航行的，大多數是盟國船隻，那麼海底世界，就應該屬於德國潛艇了。他對自己最樂觀的估計，是被捕當戰俘……

潘濂的心漸漸沉重。擊沉貝洛蒙號那艘潛艇的水兵曾用槍瞄準他，但並沒有開槍。他過去聽說過，敵人指揮官中也有好人，有時甚至會向遭難的人分發香菸……

由於緊張，他把嘴唇都咬出血來了，他艱難地嚥了口唾液，然後蹲起來，但隨時準備重新臥倒。

早晨的微風似乎消失了，起伏的浪濤也隨著風兒消失了。在十幾公尺外的地方，一群顏色鮮艷的魚兒在游動，它們形成一條奇特的明亮的帶子。遠處水面銀光閃閃，平靜得猶如剛擦拭過的鏡面。近處，海水呈現出暗暗的青銅色，上面泛著泡沫，每當刺目的光線使他眼睛流淚時，泡沫就成了水晶在他眼前閃爍。但無論他往哪兒看，都看不到潛艇的踪影。

他腦子裡像萬花筒一樣變化著，一會兒感到輕鬆，一會兒覺得懊惱，一會兒又生起新的希望。他想起自己那件鮮橙色的救生衣，它在水中消失得多麼迅速。潛艇的潛望鏡很細，但他確實看見了，而且還看到瞭望塔的塔頂。潛艇在這裡出沒，說明附近可能有船隻。

□

強烈的期待心情，使他把一絲雲彩看成繚繞青煙，魚雷形狀的魚兒會突然變成一艘潛水艇。他開始懷疑自己看到的潛望鏡是否幻影，也許是那些飢餓的水鬼耍的把戲。被魚雷擊沉的船隻太多了，在海上遇難的人也太多了，他們的靈魂被逼得像乞丐一樣四處流浪，尋求施捨。這種鬼魂最兇狠，具有可怕的報復力。也許因爲他們死了，而他潘濂還活著，所以要懲罰他，用幻覺折磨他，拖住他，使他漂離船隻航行的路線。

這天下午過得特別慢。

天氣更熱了，光線令人眩目，而且愈來愈強。

他的眼睛好像著了火。

他的頭嗡嗡作響。

潘濂無力地倒在井裡，清涼的海水從板縫中沖刷進來，使他感到好受一些，但他不敢在井中久留，唯恐錯過來往的船隻。

□

在南邊一片金光燦燦的地方，突然出現一個像污跡似的黑點。潘濂的脈搏頓時加快了，他很想馬上鑽進井裡點燃信號彈，但又怕那黑點不過是幻覺，一眨眼就會從視線中消失。他屏住呼吸，用目光仔細跟蹤那黑點。隨著黑點漸漸變大，他愈來愈激動，信心也漸增，因爲黑點逐漸呈現出船的輪廓，並且逐漸清晰。他肯定自己看到的是一艘驅逐艦的外型。

但突然，船的形狀模糊了。潘濂眨眨眼，揉揉眼睛。船的影子完全不見了！他驚慌失措，又使勁揉了揉眼睛，並搖了搖腦袋。過了一會兒，他眼前那片黑、紅、金色斑點才慢慢褪去，那艘船又出現了。它高高浮在海面上，原來是一艘貨船，離他太遠，瞭望哨一時還不可能看見他的信號。但他已急不可耐，怕輪船還沒駛近，又從自己的視線中消失，因此急忙跳進井裡取信號彈。

潘濂決定先點燃煙罐，因爲它似乎更容易吸引人們的注意力。他要等船駛到近處才點燃信號彈，以標明自己的準確位置。潘濂一把抓過煙罐，但不小心讓它掉到井底裡了。他咒罵著急忙把它拾起來，用雙手捧在胸前，以胸脯把它擦乾。

他先默默乞求觀音菩薩保佑，然後拉動那根他認定是引火線的小針，並把罐子拋入海中。一股濃濃的橙紅色煙霧從罐中冒出來，它鮮艷奪目，簡直比最美麗的朝霞還美。潘濂激動地笑了。船上的瞭望哨絕不會錯過這股慢慢朝他們飄去的、綺麗而明亮的煙雲的。

濃煙擋住了他的視線，使他看不到那艘船，他只好著急地站在甲板上，不停地把身體的重心從一隻腳換到另一隻腳上，心中既盼望煙霧停留的時間長些，又希望它散得快些，以便他能看清那艘船。

幾分鐘後，煙霧終於稀薄了，那艘輪船又清晰可見了，它的航向並沒有改變。

潘濂拿起裝信號彈的筒子，把頂部擰開。包裝紙已拆開的那枚信號彈滑了出來，他抓住把柄，將它瞄向船的方向，然後撕開他認定是引火線的膠布，原來膠布下面有個小蓋子，現在它連同膠布一起都掉下來了。但什麼事都沒發生。

他眼睜睜看著自己，一隻手拿著信號彈，另一隻拿著小蓋子。小蓋子的一面塗著東西，很像火柴盒兩邊用來刮擦的火石，而信號彈頂端則有塊黑色的像圖釘一般大小的東西。他拿著信號彈，像支大火柴那樣用那黑東西磨擦小蓋子上的火石。

什麼也沒有出現。

他又試了一次。

幾顆火星閃出來了，他馬上把信號彈高高拋起。信號彈沿著拋物線飛出去，沒有點燃便沉入大海裡。

潘濂愣住了，呆望著信號彈沉下去，很快泛起幾圈漣漪。他心裡害怕極了，再次試圖閱讀信號彈上的說明，想弄清自己到底錯在哪裡。但那些印刷體字母對他來說只是一團亂糟糟的，毫無含意的東西。他試圖把字母讀出來。但這次失敗弄得他無法思考。

難道信號彈是被又鹹又濕的空氣弄潮了？還是他拋得過早？也許他根本就不該把它拋出去；也許他點的辦法不對。不，這一點是不會錯的，否則就不會冒出火星。在沒有火柴的情況下，不可能有其他點燃辦法。

終於，他決定用同樣的方法把另一枚信號彈點燃，但這次不拋出去。他搖搖裝信號彈的筒子，從裡面又滑出幾枚，但他太心急，心裡太紛亂，以致信號彈從手中掉下來，他急忙俯身搶救，但已經來不及了，其中一枚從板縫中滾進了大海。

潘濂流淚了，血液彷彿一下衝到他的頭部。他不敢直起腰，用膝蓋和大腿托住信號彈筒子，慢慢後撤到井邊，然後用顫抖的手把信號彈塞回筒內，只取出一枚握在手裡。

爲了保險起見，他先把筒子放回貯物箱內，然後才一手握住信號彈的把柄，一手將它外面的防水紙撕掉，再扯去膠布。他又一次默默祈禱，求觀音菩薩保佑，隨後擰下小蓋子，並用它磨擦信號彈的彈頭：一下，兩下。

彈頭突然冒出一簇小小的白色火焰，接著，一個紅色火球發出嘰嘰聲騰空而起，那光焰強得使人睜不開眼睛。火星落在潘濂的手上和甲板上，他本能地把拳頭舉到嘴邊嘬一嘬，同時用腳踩滅木筏上的火星。但他幾乎沒有感到皮肉的疼痛，因爲紅色火球已升到很高的地方，並忽然炸開，變成無數光焰奪目的紅色小星。

但這耀眼的火花消失得太快，他喜悅的心情，連同他對觀音菩薩的感恩，都隨著一起熄滅了。大船依然沿著剛才的航向在行駛。他望望天空，又瞥了一眼慢慢向海平面沉落的太陽。此時大概是喝午茶的時刻，船上大多數船員都在這個時候抽菸聊天、寫信、縫補衣服，或只是坐下來休息。但瞭望哨和駕駛台上的官員呢？

船已離他很近，他已經能聽到發電機的聲音，那咚咚聲彷彿成了他心跳的延續。他從筒中又倒出一枚信號彈，撕掉防水紙和膠布，然後探身到木筏外面，以便點火時火星可以直接掉進海裡。他握著信號彈，用力在小蓋子上擦了一下。火球猛地衝上天空，並懸掛在那裡，好像在藍天撒下一片紅色的顏色，燒完的微粒紛紛從空中飄下來，落在水中時，發出絲絲的響聲。

他屏息看著大船沿著航向往前駛。

忽然，那船停機了，而且調整方向，逕直向他開過來，船頭劈開洋面，把水簾似的浪花掀到兩邊。

他們發現他了！天黑之前他就可以安安穩穩、乾乾淨淨吃到真正的飯菜，抽上真正的香菸，還能喝茶。他歡呼，跳躍，向大船拼命揮手。這船的一切都太美了，那矮矮的、帶有平甲板的船體，暗灰色的上層結構，搖搖晃晃的救生艇，從單煙囪裡冒出來的青煙，甚至船頭和船尾處的槍炮，都是美麗的。

他喘吁吁地突然站住不動。他感到風速加快了，水流的速度也變急了。他看看大船，又看看西邊正在落下去的夕陽。天黑之前，船能駛到他這裡嗎？即使到黃昏，氣候也會變得很險惡的。如果正在吹拂的小風變大，海面就會起浪，人們要發現他就更難了，而且他從木筏移轉到船上也將更加困難。

他不禁顫慄了。他有個朋友就是從救生艇上轉移到營救船上時喪命的。救生艇因進水而傾覆了。木筏當然沒有這種危險，但七天來，他只吃了些糖、巧克力和乾肉餅，力氣已經耗盡，如果在大風大浪中爬繩梯，他沒有把握自己能順利爬上去。

大船逐漸駛近。

他知道，船離他愈近，速度就要愈慢，而且要越加小心才能避免把他撞翻。但在潘濂看來，那船簡直像停住了一樣，雖說船頭掀起的水花十分清晰。爲了催它加快速度，潘濂點燃了第五枚信號彈。

它飛向高空，並在空中留下一條鮮艷、明亮的彩道。海上傳來短促、單調的咚咚聲，這是發動機慢速轉動時的響聲。他看見指揮橋上出現三個人，船邊欄杆旁也有一些人，炮台上也有人。看見這麼多人，聽到人們說話的聲音，是多麼讓人興奮啊！

他的眼睛突然捕捉到指揮橋上望遠鏡的閃光，它正在搜索海面。有沒有可能他們還沒發現他呢？

他點燃了最後一枚信號彈，然後在耀眼的光芒下拚命跳躍、揮手、叫喊。

他忽然意識到，船上的人是在觀察他哩！

據他知道，敵人潛艇有時會以意想不到的方式襲擊救援船隻。前些時，敵人甚至派出人員乘坐木筏，裝扮成海事遇難的倖存者在海上漂泊。當救援船隻前來營救時，敵人便出動潛艇用魚雷擊沉它。他們這樣觀察他，是否懷疑他是敵人放出來的誘餌呢？

他急忙指指自己瘦削的臉頰，褐色的皮膚，以及皮膚上曬得焦黑、黏滿油污的地方，還有滿臉鬍渣，以及乾裂的嘴唇——這些足以說明他是眞遇難者而非誘餌。「我，貝洛蒙號的。」他高聲呼叫道，「沉了七天啦！救命呀！」

他雙膝跪下，高舉雙手哀求，嘴裡重複著那幾句話，像念經似的。他是在向船上那些互相傳遞望遠鏡的人們呼救，向觀音菩薩和其他神靈，以及任何願意傾聽他哀求的人們呼救。

發動機又轟轟響起來了，潘濂連忙跳起來，呆呆地看著船調轉頭，改變航向。木筏在浪濤中猛烈搖晃，潘濂一下失去平衡摔倒了。他趴在甲板上，愣愣地抱住一根角柱。船離他那樣近，他甚至能聽到艙門關閉的聲音，船員低沈的咒罵聲，洗甲板時水管發出的沙沙聲，以及人的咳嗽聲。即使游泳，他也可以游過去的。

他一條腿已跨出防護帆布。但如果他上不了大船，又回不了木筏怎麼辦？他全身冒著冷汗，搖搖晃晃站在木筏邊緣，一條腿在防護帆布外，一條腿在防護帆布裡，既不想往海裡跳，又不能放棄獲救的機會。

他忽然想起貯物箱裡還有一個煙罐，於是急忙跳進井裡把它翻出來，拉開引火線，把它投到漸漸遠去的大船後面。

煙霧像血一樣漫開來，變成一團噴吐著屈辱與死亡的紅雲。

大船調轉方向時激起的浪濤不見了。

發動機的聲音消失了。

船上的煙與天上的雲已渾然難辨。

它走了，宛如它根本沒來過。

第七章　他們就是見死不救

自離家以來心中淤積的怨恨與屈辱感，這時一併發作了，潘濂向著空空蕩蕩的海平線憤憤然揮動拳頭，咒罵那些對他見死不救的人。

「讓烏鴉挖掉你們的眼睛！」

「叫大魚把你們吃掉！」

「大海就是你們的墳場，魚肚子就是你們的棺材！」

「你們淹死吧！誰也不會來給你們收屍！」

這軟弱無力的漫罵聲只表明他的無能，因此他索性筋疲力竭地倒在甲板上，低頭認輸了。

幾天來，在他最沮喪的時候，他曾想過：船和飛機都有可能不從這裡經過，或者經過但看不見他的信號；或者自己可能成爲敵人的俘虜。但他從未想過自己已被發現，船離得那麼近，竟得不到營救。

他沒弄錯，他們就是見死不救。他看得很清楚，他們是在發現他的信號之後才改變航向的；他已覺察出那些一閃一閃的望遠鏡在觀察自己，也感覺出他們改向完全是有意的。他卻愚蠢得幾乎要跳下水去追趕，還把最後一個信號彈扔到他們後面。承認事實，無異於扼殺希望，而希望一旦喪失，剩下的只是死亡。

潘濂離開家鄉八年了，他原以爲自己早已丟掉一切幻想，但現在才看出，自己對盟國的看法就是自欺欺人。這就像鄉下人被金山客的禮品和誇誇其談所騙一樣。

那些人總是帶些奇妙的東西回家鄉，例如能讓熱水保溫的鐵壺；寫字不用蘸墨水的筆等。他們一開口就吹噓自己在外國的生活，說什麼謀生多麼容易，還談論洋人獨特的本領和孩子氣的奇怪性情；據說外國人的房屋都是一間搭在另一間上面的；只要對著一個有把手的黑盒子說話，就能聽到住在很遠城市的人的聲音。鄉親們總是帶著旣敬畏又羡慕的心情聽他們講這些事。有些年輕農民爲了體驗一下這種新奇的生活而決心離開家鄉。另一些人，像他本人和他兩個哥哥，是受父母之命出門的，因爲父母希望兒子能過著比自己好的日子。

潘濂當學徒時，工作沒有固定鐘點，人們任何時候都可以打發他去幹活兒，不是搬這個便是拿那個，弄得他精疲力盡。輪到值夜班巡邏時，他迷迷糊糊，搖搖晃晃，說他醒著還不如說他睡著了。但他聽那些金山客的話聽得太多了，受的影響太深了，以致上船工作幾個月之後，還以爲自己工作時間長，勞動量大，工錢低完全是特殊情況。他沒意識到，那些在船上和自己一樣當侍應生的人，正是他本人和鄉親們曾經羨慕過的「金山客」。起初，因爲他總想家，除了自己的苦衷之外，沒有心思再注意周圍的事物，後來則因爲金山客與船上這些華籍海員的區別太大：金山客走路大搖大擺，講話口氣很大，而華人海員表情呆滯，只會傻笑，平時低著頭，說話時壓低聲音，只會講幾句不像樣的英語。但他逐漸發現，周圍工友們全都牢騷滿腹，對工時過長，伙食差，工錢低，以及華人海員只能做粗活兒，不能幹其他工種等等十分不滿。他終於意識到，工友們灰心喪氣的心情也反映了他個人的失望情緒。

回顧往事使他恍然大悟，原來，大部分金山客都要年紀很大才能告老還鄉，其中只有極少數才蓋得起大屋，買得起田地。有些人就是兩手空空回家的，成爲全家的累贅。有些甚至慘死在異鄉，丟下孤兒寡母挑起家裡的重擔。

潘濂曾問哥哥，爲什麼對不公平的待遇不提出抗議：他工作時數無限長，工錢卻只及英國船員薪俸的三分之一。哥哥說：「這艘船的條件算很不錯的了，在有些船上，華籍海員還要挨長官們打呢！」

飲食班的船員住在一個擁擠的艙房裡，在那裡，一切談話都可以公開。一天，睡在潘濂上鋪的工友從床上跳下來，坐在他旁邊對他解釋：

「情況並非一向如此。早在你出世之前，在英國利物浦工作的中國海員就組織了合作社，來對抗英國海員的種族歧視。爲了提高薪水和改善勞動條件，我們也進行過鬥爭。」

另一位工友補充說：「別忘了，還有那些吸血鬼！專爲船務公司招募華工的承包商！」

「那些日子呀！」旁邊鋪位上一位老海員嘆息道：「你能想像得出嗎？五萬名中國海員參加罷工！」他停頓片刻後又說：「讓我想想看……那是一九二二年在香港。」

坐在潘濂身邊的工友搖搖拳頭說：「我們堅持了兩個月，而且取得了勝利！」

「爲什麼現在條件還那樣差呢？」潘濂問。

工友們都衝著他叫喊起來。

「你們聽聽這小子的話。」

「你這乳臭未乾的小傢伙，你以爲有你説話的份兒！」

潘濂對工友們態度的突然轉變感到莫名其妙：「可我……」他結結巴巴想解釋。哥哥卻用手捂住他的嘴。他感覺出哥哥完全是出於好意，但很堅決。「最近幾年世界經濟蕭條，成千上萬個海員被解雇，有英國人，也有中國人。船務公司把船上工作人員減到最低限度，雇用一批像你這樣的學徒來頂替有工作經驗的老海員。」哥哥解釋道。

潘濂的話被堵回去了，他不再開口了。但他注意觀察，留心傾聽。一年，兩年，三年過去了，他發現整體的工作條件有所改善，但中國海員的待遇依然如故。他也聽說在美國，即金山那邊，情況卻不同。那裡的海員有自己的工會，華人海員也可以參加。他們一起罷工，一起勝利。工會甚至支持中國的抗日戰爭，和華人海員一起拒絕往日本運輸廢鋼鐵。

但這一切，對潘濂和其他在英國輪船上工作的華人海員毫無作用，因此他辭職不幹了。幾個月之後，他表哥告訴他說，英國各船務公司需要大批中國海員，因此被迫減少船上服務人員的工作時數，並提高工資，他勸潘濂和貝洛蒙號簽合約。

在貝洛蒙號這類輪船上，改善待遇的措施確實兌現了。潘濂的薪水爲每月八十美元，雖說只等於英國海員月薪的三分之二，但比他當學徒時的工錢多了十六倍。船員兩人住一間艙房，伙食也不錯。由於船上不載旅客，工作比較輕鬆，抽菸、打牌、看報紙和睡覺的時間都不少。

潘濂心滿意足了，那唯一的一次造反行動已成爲往事，對於其他船上中國海員爭取平等待遇的呼聲，他已充耳不聞。那些海員的要求常常遭到拒絕，甚至遭受暴力鎮壓。正因爲他滿足於過自欺欺人的日子，所以才會認爲，只要遇上盟國船隻，自己就能獲救。他怎麼會這麼容易上當呢？

在那艘船上觀察他的人，絕不可能把他當作敵人拋出的誘餌，否則怎麼把船開到離他如此近的地方呢？最大的可能性是，他們不願救他，因爲看出他是中國人。

他們大概會說：「爲什麼要冒生命危險，在這個敵人潛艇出沒的地區救他呢？他不過是個中國佬嘛。」

自從貝洛蒙號沉沒以來，潘濂第一次慶幸自己單獨在木筏上，而不是和其他人在一起。魚雷擊中的部位是船的底艙，大部分華人海員都在那裡工作，因此能爬上救生艇的人，肯定多數是英國人。也許是槍炮手，或瞭望哨。這些人在船上待他還不錯，但人遇到絕境時是會變的。如果他們依然要他侍候，怎麼辦？分給他的食品比別人少，怎麼辦？而且語言不通會造成誤會，性格差異也會引起衝突。也許會打架，甚至會死人。現在他單獨一個人，只需考慮自己的問題。他一定會活下來的。

還會出現其他船隻。他們當中會有好心的船長，不管冒多大危險，都會勇於停下來拯救他。也許某一艘美國輪船會發現他。既然美國海員工會吸收華人會員，那麼這個工會的成員就不該歧視他而見死不救。或許，飛機上的飛行員會發現他。說不定他自己也能漂到某片陸地上。等打完仗，日本侵略軍被趕跑之後，他就帶上好多禮物回家去，到那時，他這段經歷會使大家驚訝不已的。

潘濂閉上了眼睛。

一層輕紗似的薄霧從山上飄下來，又濕潤，又清涼，它低掛在生機勃勃、豐收在望的田野上空。果樹上的枝條被碩果壓得彎了腰。黑油油的沃壤散發著泥土的芳香，它與花香、果香合成一體，揉染在田裡堆肥和人糞的氣味中。

潘濂坐在家門外面的竹凳上抽菸。他慢慢吸著，回味著剛剛下肚的那頓節日美餐：浮著一層晶瑩油星的湯；鮮嫩香脆的海南雞，只有母親才能做得這麼好吃；苦瓜片炒蝦米；

芋頭蒸扣肉；還有盛得滿滿的一碗又一碗白米飯。

母豬從圍牆外呼哧呼哧地走來，身後跟著一群咕哩咕哩亂叫的小豬仔。一群雞在屋前咯咯叫著向四面逃竄，讓開地方給潘濂的父母、嫂嫂和鄉親們。每當村裡有人從海外歸來，鄉親們總是這樣聚在一起。他們在潘濂旁邊的桌上擺滿切開的菠蘿、椰子、芒果、甘蔗等，還有一堆荔枝，一碗碗椰汁和熱茶，大家圍坐在桌旁，各人坐在自己帶來的凳子上。

潘濂剝開紅紅的荔枝皮，把又嫩又甜的白色荔枝肉一口嘬進嘴裡。每種水果他都嘗一嘗，他用舌頭舔掉流到下巴和手上的又黏又甜的汁液。再也吃不下了，他靠在牆上，又捲了一支菸，深深吸了幾口才開始說話。他一向不善言談，但這時滔滔不絕。鄉親們都張著嘴，向前探著身子聽他講話，不時發出驚嘆聲、笑聲和嘆氣聲……

潘濂像蜘蛛織網一樣，用夢境編織著幻想，給自己多年沒見的家鄉和親人添上新的細節：煙從廚房飄出來；蟬在又高又密的草叢中吱吱歡唱；小鳥匆匆飛回樹上和屋簷下；鄰居女兒用她獨特的方式在甩動自己的大辮子，像一匹年輕雌馬傲慢地甩動馬鬃……

愈是回憶，他的夢就愈眞實。一定能獲救的強烈信念，戰勝了他心中的恍惚與肉體的創傷。他睡著了，自貝洛蒙號被擊沉以來，他第一次睡得如此香甜，如此安穩。

第八章　繫了九個結

潘濂醒來，精神煥然一新。他已意識到，自從沉船以來，自己想的和做的都是出於本能。現在要活下去，就不能過一天算一天。他必須擬定計劃，彌補先前各種過失所造成的損失，避免犯新的錯誤。

每天堅持瞭望顯然是重要的事情。但拿什麼做信號呢？夜間可以用手電筒，但白天發信號的可能性更大。手電筒上保護燈泡的圓形玻璃，是否可用來發信號呢？他立即把手電筒玻璃對準太陽，試圖讓它閃光。但與太陽的強光相比，它閃出的光太微弱了，再敏銳的眼睛，也無法從大海的粼光中分辨出它來。但只能如此，別無他法了。

潘濂把注意力轉向食物和飲用水。在家鄉，他們用水要到井裡挑，每次只能擔兩桶；在船上，淡水要從一個港口用到另一個港口。因此他已養成盡量少喝水的習慣，每天只限早晚各喝一杯，白天若氣溫很高，也只許喝一至兩次。

水箱裡的水似乎已少掉五分之一。也就是說，在七天時間裡，他喝了約兩加侖水。如果繼續這樣喝下去，大概可以喝二十八天。要是把每天的飲用量減少到一品脫①，就可多用十二天。

潘濂對自己原先盲目的樂觀很懊悔，因此現在格外小心，要盡量把食物和水的使用時間拉長到四十天。他仔細清點了所有物品。那盒壓縮餅乾已所剩無幾，其實眞正吃掉的大概只有半打；糖只剩下不到半袋；還有一磅巧克力；八個乾肉餅罐頭，外加已打開沒有吃完的一點；幾乎一整瓶牛奶麥芽糖糖片；三分之一瓶檸檬汁和五罐煉乳。每樣食品他都除以四十天，這樣便得出每日的定量：一小匙煉乳，六塊餅乾，半匙乾肉餅和兩片牛奶麥芽糖糖片。他沒把巧克力，糖和檸檬汁算在內。這幾樣東西他要留起來，在情緒低落時作爲「開心果」來吃，直到吃完爲止，或吃到獲救的那一天。

但他毫無食欲，他覺得自己根本不會有飢餓的感覺。他斷定自己會瘦削下去，因而睡在甲板上將會變得很難受，即使現在，睡在板條上也很不舒服。他需要一塊墊褥，還需要一張能禦寒和遮擋水花的被子。每當他冷得發抖時，曬破的皮膚便磨擦得很痛，腿上的肌肉也直抽筋。

如果工作服和背心還在，情況會好一些。救生衣可以拆開來，成爲禦寒的布料。但現在，他手中僅有的布料，是包在檸檬汁瓶子外面的粗麻布，還有頂篷和四周的防護帆布。粗麻布太小，頂篷又太重要，不能作其他用途。但防護帆布呢？

木筏在波浪中漂得很平穩，夜間睡覺時，他從未滾到防護帆布上或掉進井裡。只要天氣不作怪，掉進海裡的可能性不大，但如果風暴驟起怎麼辦？沒有防護帆布他安全嗎？

他從未在這個區域航行過，因此想像不出這裡氣候會有什麼變化。到目前爲止，氣候的情況大體是：白天烈日當空，夜晚寒氣襲人，因此他不是熱得難受，就是冷得要命。有時會颳一整天小風，但接著三天無風。每當颳大風時，海面會起又急又險的小浪。它們看上去似乎只是波浪上面的浪尖，而且常常來得意外，走得突然。不過這也可能是海龍王發出的警告，預示海裡的妖怪和餓鬼要出來吃人。奇特而可怕的海底世界，是他難以想像的，他只能看見最表面的一層，游來游去的魚兒，就是他能見到的唯一生靈。

當年他離家去香港，後來到坦達號上當海員，都像被推進一個虛幻的陌生世界中，雖然那時事事有表哥和哥哥的指點，但在最初的日子裡，甚至幾個月之後，他仍覺得自己傻頭傻腦，苦惱之極。現在只有自己一個人，他能走完這段歷程嗎？

家鄉學堂裡的先生經常說：「對文明人來說，海南是個活地獄，是傳染瘧疾的熱帶黑森林，是野人生活的地方，是個鬼魂出没的荒原。」這些話現在又清晰出現在潘濂的腦海裡，就像那些背得滾瓜爛熟的古詩詞一樣。寫這些詩詞的古人，是被皇帝貶到海南去的，所以情調憂鬱，充滿絕望。潘濂和同學們曾恥笑古人膽小怕事，他們怕蚊蟲，怕蛇蝎，怕森林裡有妖魔鬼怪。但現在他理解古人的恐怖心情和孤獨感，因爲他自己也感到恐懼，不過他懷疑，自己這種心情也像古人一樣太過誇張，缺乏根據。儘管如此，他還是不敢取下周圍的防護帆布。

□

潘濂在纜繩上已繫了九個結，後來又繫了第十個。據他估計，海港官員應當注意到貝洛蒙號已經誤期。他開始焦急地搜索海面和天空。

第一次出海時，他在枕頭下面藏了個日曆，每過一天便劃掉一個日期，數著輪船返航香港的日子，盼望到香港後能有機會回家探親。哥哥注意到他的情緒，對他說：「當海員就得有忘掉過去和惦記探親的本事，過一天算一天。」但潘濂沒這種本事，他無法忘掉過去，也不能阻止自己去想將來。後來傳來日軍佔領海南的消息，回家的希望破滅了，他才不再劃日曆。他發現，這樣做時間反而過得快。

所以他不再在纜繩上打結了，他希望這樣做會收到同樣的效果。雖然等待救援的緊張氣氛仍像烏雲一樣籠罩著木筏，但潘濂覺得自己煩躁的心情稍稍緩和了。

他現在不但留意船和飛機，還開始尋找陸地。他有規律地讓目光從左舷掃視到右舷，再把視線升高幾度，從右舷掃回左舷，就這樣輪流在木筏四周觀察，掃視完海面便掃視天空。有時在黃昏，海平線上會出現一些很像島嶼的雲彩，他便仔細研究它的形狀，窮盡眼力試圖發現某種說明它不是雲霧的證據。那條貼著藍色地平線的細白線是什麼？是遠處海岸的小碎浪嗎？那些黑色影子是海灘上的棕櫚樹嗎？那聲音是什麼？很像是擊拍海岸岩石的波濤聲。

太陽和雲彩不斷在海面上投射出各種陰影，一次又一次戲弄他，使他對一切都不敢肯定。現在他唯一能把握住的，是自己給自己規定的每天食物定量，他知道自己的體重在減輕，身上的傷口很痛，腳上、腿上和臀部因海水浸泡而長出許多瘡子。

他用盛乾肉餅的罐頭盒蓋把癤子刺穿。它們已長得很大，一捅就破，從裡面流出黃色的膿和青綠色的液體，然後是紅紅的血，最後是一種透明的黏液。他沒有東西包紮傷口，無法使它們不受海水的沖刷，也無法避免木筏上硬木板的磨擦，因此傷口一直不能癒合。他不得不承認，自己身上的傷口和大海一樣不容忽視，只好取下防護帆布，墊在身體下面作褥子。

但解繩結的時候他猶豫了。往日的教訓還記憶猶新。十多年前，他曾養過一隻叫「太子」的蟋蟀，他把它拿到村裡和一隻最好鬥的蟋蟀比武，這件事成了痛苦的教訓，在他心上烙下深深的疤痕。

孩子們都說，餓蟋蟀最能打架，要把它們先裝進罐裡餓兩三天才放出來比武。但阿濂向來寵愛「太子」，用潮濕的茶葉餵它。這茶葉是他到市集上求茶攤老板要來的。「太子」也用清脆的吱吱聲表示感激，還會用翅膀弄出一種奇特的響聲，因此阿濂不忍心讓它挨餓，餓一天也不行。

那天，當他把「太子」放進格鬥場——一隻破鍋裡時，它無心戰鬥。有個孩子用竹子撥弄「太子」和它的對手，讓它們面對面，但「太子」仍無反應。那小男孩又碰了碰「太子」的後腿，想盡辦法激怒它。

潘濂記得，當兩隻蟋蟀終於投入戰鬥時他是多麼激動。孩子們圍成一團，又是歡呼，又是叫罵。兩隻蟋蟀鬥得難解難分，大家也漸漸靜下來了，直到戰鬥結束才鬆了一口氣。那時他只顧觀戰，根本沒看出斷掉四肢的正是他的「太子」，也沒看見自己心愛的蟋蟀最後幾下顫抖。斷掉的手腳怎能修補！爲了和別人打賭，他竟犧牲掉自己最寵愛的小動物。後來，當他看到死去的「太子」一動不動躺在那裡時，才明白了這樣一個道理：既要打賭，就總會有人贏、有人輸。他掩埋自己心愛的小動物時曾暗暗發誓，今生今世再也不賭。

潘濂用發抖的手解著繩結。孩提時代的誓言早就被他打麻將、玩牌九的行爲破壞了。但那時不過是遊戲，賭注最多不過幾分錢。這次不同，他的賭注是自己的性命。

譯註①一加侖合四·五四六公升，一品脫合〇·五七公升。

第九章 戰勝月亮

繩結很難解，當潘濂終於把防護帆布取下來時，一輪被輕紗般的薄霧籠罩著的月亮已經升起，月光映在水面上，顯得木筏好像漂在微弱的磷光中。一陣冷颼颼的微風把水花颳到甲板上，他不禁打了幾個寒顫，笨手笨腳地把那硬梆梆、結滿鹽巴的帆布折了六下，每一折差不多一樣大小，然後鋪在左邊甲板上，形成一個大睡袋。或者說，像一塊裹屍布。

他鑽進最上面的夾層裡，身體平躺著，雙臂貼在兩邊。帆布雖粗糙，但身下墊著五層，因此他瘦骨嶙峋的身體舒服多了，蓋在身上的那層帆布則能禦寒和防潮。但這帆布太像裹屍布了，狹窄的甲板又像棺材，這些不吉利的形象使他提心吊膽，不敢動一動，眼睜睜躺著，仔細傾聽風聲和水聲的變化。

波浪柔和而有規律的搖擺，常常使潘濂整個下午打瞌睡，一到夜晚他卻無法入睡。他仰望天上的星斗和雲層，那些低懸的雲很像白髮水鬼，似乎只要一睡著，它們便會掙脫枷鎖向他撲來。疲勞終於取代了恐懼。但即使腦子開始進入夢鄉，他的身體仍緊張地抽搐著；有時他會突然醒來，渾身出的冷汗比夜間的露水還涼。第二天早上，他會比夜晚躺下時更加消沉、困乏。日復一日，每天如此。有時他確實睡著了，但惡夢使他無法好好休息。這些夢總是一個調子：他掉進海裡，不管怎樣掙扎，游得心肺欲裂，還是游不到木筏上；到後來手腳重得再也動彈不得，於是他開始下沉，但仍拼命要游到木筏那裡。

疲乏，使潘濂已經夠虛弱的身體更加虛弱了，也模糊了他的視覺與思維。由於他吃得很少，因此幾乎沒有排泄物。自沉船以來，他只大便過一次。他一再對自己說：如果能再大便一次，就會看見陸地。或者：若每天喝四匙水，就要再等四天才獲救，如只喝三匙，就只需等三天。有時他把目光對準地平線以下的某處，然後慢慢抬起眼睛，目光盯住一片雲，他深信，雲一旦飄走，就會露出船的輪廓，如果雲不動，它背後便是一塊陸地。

他的情緒大起大落，不是飄飄然，懷著空希望，便是陷入絕望的深淵。當一絲風都沒有，大海和木筏像畫中景物般一動也不動時，他會非常沮喪，深怕木筏永遠漂不到有陸地的地方；但只要颳過一絲微風，或突然下幾滴小雨，他便精神大振，於是海平線上每一個影子似乎都變成陸地，每一片雲都可能是飛機，海面上每處漣漪，都會是船頭掀起的浪花，而每顆流星都像從船上發出的信號彈。但如果風大浪高，木筏在浪尖與浪谷間顛簸，或雨太大，下得時間太長，他的信心便會完全消失，他會縮在井裡，怕雷電的轟鳴，怕被甩出去，怕大浪把自己沖進大海裡。

他把防護帆布的繩子保留起來，但不願把防護帆布重新安上去，因爲他的肌肉已開始萎縮，人消瘦得更加厲害。更重要的是，自從用了帆布作褥墊，他身上的傷口開始癒合了，而且沒有再長新的癤子。

他睡的時間逐漸加長了，惡夢減少了。儘管仍提心吊膽，但已能控制睡眠時間，每次醒來看到的都是太陽而不是月亮。月亮已經被他戰勝了。

□

但還有其他戰鬥。

起初他吃東西和喝水都嚴格遵守自己規定的定量，但後來下午太熱，而且顯得特別長，而水箱就近在眼前，不喝水實在很難受，因此他常把晚上那份水提前在下午喝。

一天的食品量並不多，但他很少感到餓，只希望食品的種類更多，有時他會想得出神。現在他才理解，為什麼被貶到海南的古人總喜歡舞文弄墨描繪宴席，老師經常給他們背誦這些東西。對他們來說，海南人民吃的芋頭和番薯，大概就像壓縮餅乾於他那般難以下嚥。這玩意兒，又難咬，又沒滋味，簡直像沙子一般，他只好想像自己在碾磨香杏仁，用這杏仁粉可煮出又香又甜的杏仁糊。他還喜歡把手指逐隻放進乾肉餅罐頭內，然後一隻一隻舔吃裹在手指上的肉末，想像自己正在品嚐香噴噴的麵條。

他經常幻想自己獲救後會吃到些什麼食物，就像小時候盼望過節能吃到豐盛的飯菜一樣。他在夢中常常見到芝麻糖，還有黏硬得能把牙齒都拔出來的麥芽糖，炸麻花，醃酸菜，以及又香又脆的炸雞。有時他饞得在夢中吞口水，嗆得直咳嗽。

吃東西對他來說成了一種壓力。他試圖做些調整：天陰時少喝多吃；天熱時多喝少吃。這辦法很有效。他又做了其他方面的調整：由於氣溫高，罐頭牛奶一打開很快就會壞，因此他決定一次喝完一整罐。可他卻拉肚子了，身體頓時變得虛弱，還出現脫水現象。他只好改在晚上開牛奶罐頭，白天將它放進「冰箱」裡——在另一個空罐頭盒內盛滿海水，把喝過的牛奶罐頭泡在裡面，然後收藏在井內陰涼的地方。牛奶壞的速度慢多了，他用這種辦法甚至可以將它保持三天。但喝到第二天，他的喉嚨受不了，每喝一口都要呑好幾次才能嚥下去。喝完以後幾個小時，他的牙床、舌頭和整個嘴巴都是酸牛奶的味道。不過腹瀉現象沒有再出現。

爲節約飲用水，他不再用淡水浸泡壓縮餅乾，而是強迫自己硬吃下去。他發現，如果把餅乾放在外面，潮濕的空氣會把它變軟。每天早上，他要依時做這件工作，就像村裡放牛的孩子每天要放牛一樣，把幾塊壓縮餅乾擺在甲板上，還要仔細看管，防止它們掉進水裡。這樣到晚上，餅乾就可以吃了，雖然還是要一口一口慢慢咀嚼，卻已不需要飲大量水把它們沖下肚。

每次下雨，他都把自己好好洗一番，因此身體比較清潔。木筏的帆布頂篷綳得不太緊，每次下完雨，篷上都積著雨水。如果動作非常小心，他可以解開一個角的繩子，然後抬起頭，張著嘴，讓水從頭上往下流，沖洗自己的肩膀、胸脯和四肢。他還用水漱口，沖掉發燙皮膚上積著的鹽花。由於沒有肥皂，他要用手使勁搓身上的油污，雖不可能洗得乾乾淨淨，洗完後總也感到十分舒服，嘴裡難聞的氣味減少了，頭髮和皮膚不致汗涔涔黏乎乎。

初時，他眼看自己的肌肉在萎縮，這種現象現在似乎停止了。潘濂摸摸鬍鬚，又摸摸突起的肋骨，估計自己大約輕了六、七公斤。他身體原先被衣服遮蓋的部分，現在已曬成棕褐色，皮膚也變得更堅韌了。他的頭髮又長又厚，白天可以擋陽光，晚上則像枕頭一樣墊住他的頭顱。由於他睡覺時不再縮作一團，而是伸直手腳，因此不再有抽筋的感覺。在甲板上站穩腳跟，保持身體平衡，對他已成爲一種有益的體操。

木筏邊上開始黏附苔蘚和小小的藤壺，一種甲殼類的動物，它們不斷引來魚群，魚群又引來更多的魚群，魚兒當中常常混進一些黏膠似的水中生物，它們上下擺動，活像鬼魂降落傘。每天清晨，專愛追逐飛魚的金藍色魚兒從深海游上來，像爲木筏護航似的在旁邊游著。鯊魚有時也來，還有樣子很難看的魚雷魚，以及身體短粗、黃色尾巴的小銀魚。至於飛魚，每天都能見到，有時甚至夜間都出現。

他發現飛魚有兩種：一種長了兩個翅膀，另一種有四個翅膀。有些身上有美麗的圖案，另一些在前翅上長著一條呈斜形的帶子，有些尾巴傾向一側，有的則長著翼一般的鬍鬚，從下顎一直垂落下去。牠們全都會飛。每當牠們準備脫離水面，就加速向上游，如果最初的推動力不足以讓牠們騰空，牠們便將尾部長長的下瓣向一邊擺動，像個艇外推進機，直到身體能騰空飛起。牠們貼近水面飛行，翼部保持平穩，幾秒鐘便可飛行約五十公尺。潘濂一邊仔細觀察牠們，一邊想像自己也能和牠們一樣，輕鬆飛過水面，一直飛回家去。

在木筏邊上游動的還有小魚，牠們只有幾公分長，但即使海上起勁風，牠們也會保持速度。潘濂很喜歡牠們的鮮艷顏色，也喜歡看牠們採食長在木筏邊上的藤壺。有時水中會突然翻滾，那是大魚衝來想吃小魚，而小魚迅速游到木筏下面躲藏起來。有些躲藏不及，便被大魚吃掉。潘濂有時會出面干涉，他明知自己的行爲很孩子氣，但他仍探身用木槳朝襲擊者的頭上打去。

他最喜歡那種金藍色的魚兒，牠們最小的不到一公尺，大的有將近兩公尺長。牠們常常藉木筏的陰影來躲避太陽，像那種魚雷魚一樣，也會撞在木筏上。但這種魚好玩，根本不懂得害怕。看著牠們游來游去，潘濂逐漸認出幾條經常出現的魚兒，有的身上有傷口，有的魚翅少了一片，有的眼睛上面有疤痕。他還發現，魚也有不同個性。有些很膽小，每當他把木槳放進水裡，便趕快游走。有一些膽子很大，不但不走，還在槳和木筏的邊上摩擦，像長了蚤子的狗在搔癢。

和魚兒嬉戲，緩和了緊張的氣氛，起碼潘濂可以在短暫時間內忘卻一切：自從那艘船拒絕救他之後，他連一艘船，一架飛機的影子都沒有看到。

第十章　被出賣的感覺

潘濂的老師曾給學生們講過這樣一個故事：古時有個被貶黜到遠方的官人，由於思家心切，在自己的房上建了一座騎樓①，每天坐在上面眺望，盼望官府派人送詔書來，遣他回故鄉。但詔書始終沒來，那人死後，人們便把那騎樓叫做「望穿秋水樓」。

現在潘濂趴在甲板上瞭望、等待，他覺得木筏就彷彿是他的「望穿秋水樓」。他已經不再數日子了，但月亮的陰晴圓缺是無法迴避的。他已看見月亮圓過一次，現在又眼看明月漸圓，而食物和淡水卻逐漸稀少。

當巧克力糖和檸檬汁全部吃光後，他用這樣的話來安慰自己：「這種情況在貝洛蒙號上很常見。」貝洛蒙號是一艘不定期貨輪，哪裡有貨就去哪裡，每次出航都難以估計返航時間，因此往往在用完某種只能在英國買到的食物時，無法得到補充。當然現在的情況完全不同。第一次月圓後不久，牛奶加麥芽糖片吃完了。兩天前，最後一罐牛奶也喝光了。現在只剩半盒壓縮餅乾，不到四分之一罐乾肉餅和一加侖（或至多兩加侖）淡水。沒有一種東西夠吃一個月。因此他決定減少食品和水的定量，藉口是牙床痠痛，無法嚼動一塊以上的壓縮餅乾，或食品花樣太單調，或太疲勞不想動，甚至乾脆認爲自己肚子不餓。總之什麼理由都行，就是不能承認自己很可能還沒獲救就吃完最後一點食物。

天氣潮濕，使人呼吸困難，但猛烈的陽光把他吸得焦乾。當氣溫升高，海面上連一絲風都沒有時，他便躺到井裡面，目光只看到頭頂上的帆布篷。馬達打破沉寂似乎已是很久以前的事，現在繼續觀察也似乎是做白日夢，自欺欺人。但他意識到，保持機警，控制情緒是非常重要的。不過，他不願放棄做獲救的白日夢。幻想有菸抽，能吃上眞正的飯菜，到底是一種美妙的安慰，因此他更常陷入昏睡狀態，在這種時候他既非醒著，也沒有睡著。

由於坐的時間長，他的腳一直腫到腳踝上，臀部被粗硬的甲板和帆布磨得發疼。如果在井裡的時間過長，水會把他的腳掌泡得皺巴巴的，甚至皮膚脫落，連生殖器都會給浸得腫脹起來。但潘濂似乎覺得，這一切並非發生在自己身上，倒好像在看別人經歷這些事。

當他還有糖塊和巧克力時，他常常靠著它們度過一天最艱難的時間——漫長的下午。

現在這些東西都吃完了，他只好呆坐在甲板上，或彈彈手指，或找根開叉的頭髮劈成兩半，或乾脆打盹兒。

只有當他發現烏雲遮壓住海平線，天將下雨時，他的脈搏才會加快，無動於衷的情緒才頓時消失，急忙收起壓縮餅乾，把睡覺用的帆布墊子綁好，檢查固定頂篷的每根繩索，然後懷著緊張、激動的心情，望著天邊的烏雲像巨大的黑罩子，慢慢在天上鋪開。這時風會變得清新，海的顏色變深，海水漸漸翻騰起來。

第一次經歷大風暴時，他驚慌失措，以後才開始注意到海的規律：如果風朝一個方向颳，過一段時間，大浪小浪都會向這個方向移動；每隔六、七個波浪，便會出現一個水花四濺的猛浪，隨後一切又趨向平緩，醞釀下一個大浪的來臨。他現在已深信，木筏能夠經受海浪的考驗，他自己也能穩當地待在木筏上，因此，當大風把帆布頂篷吹得啪啪作響，把繩索綳得緊緊的，木筏在浪尖和浪谷中上下顛簸時，他興奮極了。只有當風向突然改變他才感到緊張，因為這時大浪的方向沒變，但海面上的小浪突然跟著風向跑，木筏搖來擺去毫無辦法。在這種時刻，他會想到暴風雨造成的災難：吹斷船身，颳斷煙囪等，於是拼命抱住木板，並高聲乞求天后保佑。

在最近一次颱風暴時，當木筏被拋進陰暗的浪谷那一刹那，他似乎看見一艘鬼船亮著明晃晃的燈從暴風中鑽出來。這艘船無聲無息地從對面駛來，眼看要撞到木筏上，他已能看見船上腐爛的甲板、鬼魂船員和無人掌的舵。就在即將相撞的一瞬間，他發出一聲驚叫，鬼船突然掉轉方向，把他嚇得魂飛魄散。

他模模糊糊意識到，自己正徘徊在神志健全與精神失常的邊緣。他像一個沒有航海圖，卻要把船開過一片布雷水域的舵手，水面上沒有任何浮標給他指引方向。

時間是他最大的敵人。他做事總是注意節時省力。但現在，他無精打采，無論疊帆布褥子，還是用壓縮餅乾、乾肉餅和水爲自己調配食物時，他的行動都是慢吞吞的。

他依稀記得九歲那年發生的一件事：母親叫他去拾柴火，但他要背書，因爲學堂裡的老師非常嚴格，要求學生倒背如流，稍稍停頓就要打手掌，阿濂便對母親說自己沒時間。

祖母突然從廳堂角落裡的座椅上尖聲怒斥：「種田人游手好閒是要餓死的。」

阿濂覺得祖母年邁體弱，腦子糊塗，一定是理解錯了他的意思，因此要解釋。

母親大概想保持家庭和睦，搶在他之前開口道：「讀書要緊，我來……」

父親卻厲聲打斷她的話：「你這樣寵著他，他還怎麼學規矩？」阿濂很怕父親，他生氣罵人時黑鬍鬚中藏著的一排白牙齒一閃一閃的。父親衝到阿濂跟前，阿濂連他噴出的氣都能感覺到，嚇得直顫抖。他怕父親就像怕老師的藤條一樣。這時母親過來，站在他與父親之間，用其他小事轉移父親的注意力，使阿濂又逃避了一次家務勞動。他頭次出海到坦達號上當學徒之前，在家裡沒幹過什麼像樣的活兒。

坦達號的條件很惡劣，他受不了便跑到香港的華南學校讀書，後來才從學校轉到貝洛蒙號上當海員。但現在，除了木筏，他還能往哪裡跑呢？唯一的逃避辦法是睡覺和做夢，他已漸漸迷戀上這兩件事，甚至比抽菸的欲望還強烈。

初時令他睡不著的事，現在對他已毫無影響，如果白天看不到船，晚上也不必怕被船撞翻；如果突如其來的暴風雨把他颳進大海裡，難道永遠葬身大海會比現在毫無希望地在烈日下煎熬更痛苦嗎？

他像癮君子離不開鴉片一樣，整天與睡眠作伴，做著吃飯、回家、獲救的美夢。他還夢見那艘開到他跟前的大船，但在夢中，它並沒有調轉船頭開走，拿望遠鏡的高級船員放下一條帶木踏板的繩梯，歡迎他上船去。他安安穩穩、乾乾淨淨地躺在潔白的床單上，讓自己很久未聞過菸味的鼻腔、喉嚨和肺腔，享受香菸帶來的樂趣……

每次他醒來發現自己仍在木筏上，一股被人出賣的感覺便會襲上心頭，就像大船拋棄他開走時他體驗到的那感受。於是在一段時間裡，他沉浸在失望與憤懣的情緒中。這時他只好乞求神仙和菩薩運用他們左右人類命運的本領，解除他心頭的重壓，消磨他渴望生存的意志。

他常常想到在另一塊木筏上看見的那幾個人。如果他們也在這股水流中漂浮，會不會就在附近什麼地方呢？但從那天之後，他再也沒見過他們。這是否意味著他們已找到陸地了呢？他深信帆布頂篷是可以改造成風帆的，但有關風向、水流的知識他一無所知，連哪個方向有陸地都不清楚，改裝又有什麼意義？那塊木筏上的人，倒是可能集中大家的智慧而取得成功。也許他們已經被輪船救起來了？也許就是不肯救他的那艘船。但也有可能他們正在飢餓線上掙扎？因爲他一個人獨享的食物，他們卻要幾個人分吃。他們會不會因此打架，甚至成爲人吃人的野獸？

早在第一次月圓之前，輪船公司就應當發現貝洛蒙號失踪。那些直到現在還沒有獲救的人，他們大概早已列入死亡人員名單。由於日軍已占領海南島，輪船公司將無法通知他父母。但于瀚哥在印度的中國部隊服役，他們也許會通知他，而他也許會有辦法帶信給父母親和潘濂的未婚妻的。

一想到未婚妻，潘濂怔了一下。按照家鄉的風俗習慣，他很小就定親了。這門親事是由媒人安排，由他父母親和女方父母親確定下來的。他自己從未見過那女子，要到成親那天新婚之夜時才能見到。有時他甚至想不起世上竟有她這個人存在。自從上了木筏，他連一次都沒想過她，也沒夢見過她。

他的兄弟們也是這樣定親的。在他們離開海南之前，父母親曾要于淵哥把婚事辦完，以便家中有個媳婦幫忙餵牛、養豬、養雞，以及做些其他的輕微農活兒，否則兒子們一走這些活兒就沒有人幹了。于瀚二十歲那年，父親把他叫回家完婚，在他成親後，于淵的妻子才得到允許，到檳城和丈夫團聚。家中的活兒由新來的媳婦接替。如果不是日本人來了，潘濂年齡一到，也要回家結婚的。這樣，于瀚的妻子便可到香港爲丈夫操持家務，使他每次返航都有家可歸，而無須等好多年才回家探親一次。

潘濂試圖想像未婚妻的模樣。她是胖，還是瘦？她長得白，還是黑？皮膚細，還是粗？她臉上有沒有痲子？頭髮光亮嗎？她脾氣怎樣？是個慷慨人，還是個酸溜溜的女子？他思忖著，不知對她來說，自己是否也像她在他心目中一樣，毫無印象。她得到他的死訊，會不會解除婚約去另嫁人呢？還是會痛哭流涕，在頭上梳個寡婦髮髻，拒絕再嫁，直到他們來世再相會呢？

一想到死，他就洩氣，因此趕快把思緒拉回來，幻想自己戰後凱旋回鄉的情形。他把未婚妻也加進那些來聽他講話的人當中。他判斷她該是個矮胖子，皮膚很白，眼睛很亮，笑咪咪的，很活潑，樂於助人，還喜歡開玩笑，待人熱情、忠實，能給他生好多兒子。

木筏四周銀光閃閃，月光在昏暗的水面上眨眼，魚兒猶如披著滿身磷光在水上穿梭。這閃閃爍爍的一切，眞像新娘子結婚禮服和頭飾上的珠寶。

他腦中出現這個形象，是一種預兆嗎？

潘濂仰視夜空，企圖從天上得到答覆。但正如看不見月亮的背面一樣，他也看不到自己的前途和未婚妻的模樣。

譯註①廣東方言，即陽台。

第十一章 天意不能改

太陽曬在臉上熱辣辣的，這感覺使潘濂意識到自己睡過頭了。他霍地一下坐起來，把腿甩出床邊，生怕自己耽誤了高級船員的開飯時間——腳上觸到的卻是從井底板縫中湧進來的海水，他頓時感到內心一陣絞痛。

他不再相信會有人來營救自己，但又無法不讓自己盼望，所以一醒來他會本能地抬起頭，用目光搜索海洋和天空。但現在他一時不敢睜開眼睛，不願面對現實：幾乎可以肯定那裡什麼也沒有。

他把手插進濃密的頭髮裡，頭髮都黏結在一起，髮上的鹽粉陡地落滿他肩膀和大腿。夜間曾下過一場短暫的陣雨，頂篷上積著的雨水也許夠他洗把臉，抹抹惺忪的睡眼，漱漱口，再用濕手撥撥頭髮和鬍鬚。但帆布篷的繩子結滿了鹽霜，要解開繩結很困難，他又沒有耐心慢慢去解。

他用臂肘支撐住身體，瞇起眼睛仰視帆布頂篷。有一兩次下大雨時，他曾用木槳托起頂篷的中央，讓積水從邊上流下來，減輕帆布的壓力。他用長滿舌苔的舌頭舔舔牙齒，艱難地嚥了一口口水，他的牙齒上已積了厚厚的一層污物。也許，現在他用木槳頂起帆布的辦法，可以讓積著的雨水流進一只空罐頭盒裡呢！

但把頂篷中央的積水引到帆布邊沿，比他想像的要困難得多。除非他站在甲板上拿著空罐頭盒，否則是不可能接住流下來的雨水的。他要用木槳頂住帆布篷，然後從到大腿深的井裡爬到甲板上，再把積水引向他希望的方向，但帆布不能傾斜得太厲害，否則他還沒準備好，水就流光了。

最初幾次嘗試，水總是回流到頂篷中間，後來他又太使勁，把木槳舉得過高，以至還來不及接，水就從邊上流出去了。他很氣惱，但既然已付出這麼大的力量，他不願就此認輸，於是先練了幾遍從井裡爬到甲板上的動作，直到自己可以做得比較順利。

現在他爬到甲板上，木槳和頂篷只輕輕搖晃幾下。他小心翼翼地向甲板邊上邁了一步，腳卻被帆布褥墊絆住了，這條褥墊他早些時已經推到一邊去。他罵了一句，慢慢用腳把褥墊撥開，然後向甲板邊上靠攏，千方百計使手中托著帆布篷的木槳保持平穩。

潘濂舉起空罐頭盒，讓它正好在木槳頂端的前面準備接水，這樣水就可以直接流進罐子裡。他想調整一下姿勢，以便順手一些，於是稍稍轉動身體，一隻腳往前邁了一步。他先是覺得一隻腳踏空了，隨即兩隻腳都踏空了。大海貪婪地把他吸進水裡，他感到自己在往下沉，正如貝洛蒙號遇難時那樣。但這次他身上沒有救生衣。他驚慌失措地掙扎著，但身體繼續往深處沉，吞進肚裡的水更多了……突然，他彷彿被一雙看不見的手舉出海面，他浮上來了，嘴裡噴著水，咳個不停。

木筏離他不遠，最多一兩公尺，海面上風平浪靜。但幻覺中的鯊魚、水鬼和各種水中鬼怪正拽住他不放，使他手腳麻木，他感到身體像一塊巨大的石頭又在往下沉。

幻覺中的形象在他腦子裡閃過，與眼前的現實相混淆。他只覺得自己在奮力往木筏的方向游，但愈發沉重的手腳把他往深處拖。各種往事與心願都攪在一起，在他腦中盤旋，他懷疑自己正在經歷死前的迴光返照。

但他不想死，他要活下去。

他拼命揮動胳膊，用腳踩水，像瘋了似的想抓住木槳，抓住水，甚至抓住空氣。

他的手突然碰到木筏邊上的繩環——這是木筏的生命線。

他喘著大氣拼命抓住繩環。長在木筏邊上的藤壺擦得他皮膚很疼。他渾身發抖，身上起滿雞皮疙瘩。他知道，只有拽住木筏另一邊上的纜繩才有可能重新爬上去，但他不敢撒手，生怕一放手便會失去一切。

一群小魚游到他身邊，輕輕拂弄著他的四肢。他覺得有東西在咬他，這使他慌作一團，手腳亂踢，狂呼亂叫，水翻騰得像煮滾似的，他僅剩的一點力氣都消耗盡了。但他停不下來。一直到所有的魚都被他趕跑，或躲到木筏下面，或游向四面八方，他才終於平靜。

他慢慢地、痛苦地鬆開右手，讓它沿著繩環向前移動幾公分，然後再用力握緊。但僅僅鬆開手指這樣一個簡單的動作，他就要付出很大的力氣，並要全神貫注才能完成，這使他感到震驚，心中的恐懼增加了。但他不敢停下來，只好慢慢地雙手交替鬆開，向前移動，再握緊，直到終於抓到了纜繩。他懷著勝利的心情把纜繩抱在胸前。這是一條繫著結子的大繩，他把它繞在手上，試圖藉繩子的力量撐起身體，從水裡爬回一公尺高的木筏上。

這個高度等於從井底爬到甲板上，但這裡沒有蹬腳的東西，木筏四周還長滿小藤壺，很難爬。他艱難地調換個姿勢再試。但他手臂和腿上的肌肉已開始痙攣，手腳已不聽使喚了。他試著用各種方式往上爬，用意志力去戰勝疲憊的肌肉、虛弱的身體和恐懼。

手冷不防地從纜繩上滑下來，身體又掉進水裡去了。

「啊，不！」

就在這一聲痛苦的呼叫衝出口時，他的手碰到繩結了，這一下阻力使他下墜的速度減慢了，他贏得了穩住身體、重新抓住繩子的寶貴瞬間。

他喘著粗氣，奮力奪回得來不易的幾寸地盤。

微風吹來，他露出水面的身體感到寒涼。

繩索、藤壺、甲板邊上的金屬和粗糙的木板，擦著潘濂的皮肉，他猛地推開纜繩，雙手塞進板縫間，緊緊抓住甲板上的板條。他就這樣懸在甲板和水面之間，渾身力氣盡失，好像一隻垂掛著等待屠宰的野獸。他的胸部抵著一塊鐵皮，肌肉彷彿被鐮刀切割著，但他使出最後的力氣，硬是把身體拖上來，然後氣喘吁吁地從木筏邊上翻到「井」裡。

□

潘濂從太陽的位置和自己腫脹的雙腳可以判斷出，自己已在井裡待了好幾個小時。鹹鹹的海水刺得他傷口很疼，渾身肌肉也痠痛。但一切痛苦似乎都和他隔了一層東西，他無動於衷地看著自己身上又青又紫的傷痕，彷彿這身體並不屬於自己。

潘濂用雙手抱住頭，心煩地搖晃著，甩得水花四處飛濺。這次跌落海裡，難道沒有一點教訓值得吸取嗎？現在把他與死亡分隔開來的，只是幾片壓縮餅乾，一點乾肉餅和兩三品脫淡水，但他還像孩子一樣想逃避事實，裝作什麼事都沒有發生。

但除此之外他還能怎麼辦呢？

「天意是不能改變的。」母親不是常這樣說嗎？

小時候他曾試圖改變一隻小雞的命運。他們家的母雞已孵了三個星期小雞，每次他去餵雞都要去看母雞孵著的五枚蛋。一天早上，雞窩裡只剩下一枚蛋，其餘的都已變成毛茸茸、正在到處亂跑的黃色小雞仔。阿濂蹲下來和小雞玩時，發現那枚蛋已裂開一條縫，甚至能聽見小雞在裡面輕輕啄蛋殼。他伸手想去拿，但母雞衝過來啄他的手，還啄了一下那隻仍在殼裡的小雞。

阿濂啊喲大叫一聲，連忙把雞蛋丟回稻草窩裡。但與其說他是因爲疼叫，倒不如說是被母雞嚇了一跳。

「你不應該管它。」母親從門口向他喊道。

「這是最後一隻小雞，牠出不來呀！」

母親點點頭。「這就是說牠太弱，活不成。母雞很清楚這點，所以要你走開。」

「我們不能看著牠死呀！」

「我們也不能改變天意呀。」

阿濂當時只有八、九歲，但他已明白，只要母親提到天意，和她爭論便是徒勞。但母親一走，他就溜進屋裡，從她的針線盒裡拿出一把剪刀，小心翼翼地把那枚蛋從母雞身邊拿走，然後仔細把蛋殼剪開。

在一段相當長的時間裡，說明小雞活著的唯一跡象，是潮濕的茸毛下有微弱的震顫，但牠慢慢站起來了，並開始在阿濂身邊走動，輕輕地啄他伸出的手指。

最初那幾天，這隻小雞與其他小雞沒有什麼區別，只是一隻眼睛被母雞啄瞎了。牠對阿濂特別親熱。

有整整一年時間，阿濂與牠形影不離。但中秋節那天早晨，阿濂怎麼叫，小雞也沒有出現。他找遍屋裡屋外、場院、河邊和田野，一直找到天黑才回家。

一進家門他便聞到一股撲鼻的香味。

「單眼不生蛋，」母親解釋說，「餵牠白費糧食。」

母親總認爲，阿濂幫小雞從蛋殼裡出來，不過是延緩了天意。每次家中有小孩或牲畜生病，或收成不好，或某種願望未能實現，母親總是說：「這是天意，天意不能改。」漸漸的，阿濂把這句話當作眞理，對它毫不懷疑。

但他也記得，每當母親遇到麻煩，總是忙著燒香、拜神，乞求神靈保佑她實現願望，舊香還未燒完又點上新香。她也給他講古代英雄豪傑抗擊敵人、不畏艱險的故事，他覺得這與她相信天命的做法是完全矛盾的。

貝洛蒙號下沉後，他並不是聽天由命，等待神來拯救他，而是靠拼命游泳才找到木筏的。後來他所做的一切：堅持瞭望，發射信號，計算口糧，準備帆布褥墊……都是付出努力的。現在，他還必須想辦法爲自己找到食物和淡水。

他決定先解決飲水問題。

很少有哪一天不下雨，但靠天下雨不是辦法。一般來說，暴雨只持續五至十分鐘，而且往往是一公里外下起滂沱大雨，但他頭頂上的天空碧藍無雲。雨即使落在木筏上，也經常是毛毛細雨；或者下一場大雨，但隨後幾天異常潮濕，滴雨不見。而且雨天愈來愈少，雨量也愈來愈小，他很怕這個地區的氣候和海南島的一樣。這是絕對可能的，因爲兩地都處在熱帶。這表示雨季的高峰期已過，他正面臨乾旱季節。想到這裡他不禁顫慄了。沒有可靠的淡水來源，要忍受酷暑，就等於必然的死亡。

他強迫自己把顫慄控制住，代之以肩膀堅定的一聳。乾旱又怎麼樣，他有足夠的水。木筏上不是有水箱嗎？它可以存十加侖水，足夠他一直維持到現在，也夠他度過兩個月的乾旱季節的。只要想辦法把它裝滿就沒問題。

帆布頂篷可以積聚雨水，但他從那裡取下來洗臉、漱口的水太鹹，不能飲用。要把帆布篷變成有效的接水裝置，他必須每次一下雨就把它洗乾淨，盡可能沖掉上面的鹽，同時要改裝一下，以利於把雨水舀進水箱裡。但過去的雨一般來得快，時間短，要取下帆布篷，把它洗刷乾淨後再安上去根本來不及；至於用木槳托頂篷和罐頭盒接水的辦法，他是絕不會再冒險去嘗試的。

他咬著嘴唇，望著頂篷琢磨起來。大雨已使帆布開始變形。時間愈久，帆布中央就會墜得愈厲害，最後很可能撕裂。房屋的屋頂不正是因爲這個原因才被建成斜坡狀，好讓雨水流進水槽裡嗎？對呀！這就是解決辦法！

潘濂很不靈活地站起來，爬到甲板上。站立使他感到頭暈，他很清楚，自己的體力已經耗盡，因此想再等一天才試驗自己的計畫。他又小心翼翼爬回井裡，手指卻被甲板上的木刺扎了一下，他坐下來用牙齒把木刺拔出來。

潘濂用審視的目光看看自己的手指甲。他掉進水裡在爬回木筏的過程中，大部分指甲都扯斷了。他必須用牙齒把它們啃整齊，否則在解帆布篷時會妨礙他工作的。他一邊啃，一邊思考用帆布篷盛接雨水的計畫。這個計畫只能下雨時進行試驗，但很可能要等好多天才有雨。等到那時水箱的水就不多了，如果試驗失敗，他還得另想辦法……

他決定不再耽擱了，一天都耽擱不得。爲了避免再跌落水中，他在解頂篷之前用纜繩繫住一隻腳，然後用胳膊和腿抱住木筏的角柱，用一隻手開始笨拙地解頂篷的繩結。他全身倚在木柱上，身上的傷口被磨得很痛。

繩子給風繃得緊緊的，很難解。經過上午的搏鬥，他的手指又疼又不靈活。汗水從他臉上、背上、胸前淌下來，他的手臂向上伸著，又瘦又疼。他感到頭昏目眩，只好回到井裡休息一會兒再幹。

他又歇了兩次才把繩結解開，另一個角上的繩子也一樣難解。但他決心做完，取得安全保障對他來說比休息更重要。

他在昏暗的暮色中跪在甲板上，把解下來的兩個角稍稍提起，形成一個可以接雨水的兜兜，然後在兩根角柱底部約離甲板三十公分的地方把繩子重新繫好。盛接雨水的裝置做好了。

傍晚，緩緩清風吹拂著帆布篷。如果風漸漸變大，已呈斜坡狀的帆布篷就可以成爲風帆，使木筏漂流的速度加快，把臨時繫上的繩結拉緊。按照風勢的強弱和方向，這個凹下去的淺淺的兜兜，兩面都可受風，如風從背面吹來，它會鼓起來，從而倒掉已積攢起來的雨水，破壞整個盛接雨水的計畫。原先他在木筏上能站立起來走幾步，現在呈斜坡狀的頂篷把木筏小小的面積隔成兩半，這意味著，如果他待在背風面，就無法看到海和天空。但斜頂篷的好處在於，雨水可以輕易又自然地把帆布上的鹽花沖洗掉。盛接雨水的地方在低處，因此把水舀進水箱的工作可以進行得比較迅速，帆布也不會被雨水壓墜得太厲害。

這是他的設想。但還要經過雨天的試驗。

第十二章　有什麼用什麼

毫無疑問，魚將是他唯一的食物，問題在於，該怎樣去抓呢？在家鄉的時候，他是用父親給他做的魚竿釣魚的。他還記得父親砍下一根竹子，然後用十六根野蠶吐的絲搓成線，這些野蠶是在廟附近的膠樹上發現的。魚鉤，則是用一隻父親前幾年上集市時在路上拾到的耳環做成的。父親還在鉤子上放了一個鉛做的墜子，又用鳥的羽毛做了一個浮子。

父親蹲在泥濘河岸一塊扁平的石頭上，把半條蚯蚓掛在魚鉤上。「有什麼就用什麼。」他教導阿濂說：「村子裡那幾個向我學功夫的年輕人，沒有錢買刀、槍、劍一類的東西，我總是教他們有什麼就用什麼：扁擔、鋤頭、鐵鏟，什麼都可以做武器。」

父親甚少講自己過去的經歷，即使問他也不說，因此阿濂向前探著身體，極想聽到更多情況。但父親只是把掛了魚餌的魚竿遞給他，再也不講了。阿濂有一種上當的感覺，他有許多問題想問，但又不敢問，心裡很不好受，因此心不在焉地把魚鉤拋進水裡。但出乎他意料之外，魚鉤一觸水面他便感到一陣輕鬆，好像變魔術似的。

後來每次去釣魚，他都有這種感覺。只要一拿起魚竿，一切煩惱和不順心的事就會化爲烏有，像河水毫不費力地從突兀的山石上流走一樣。儘管什麼都沒有變，但這種恬靜感像護身符一樣總伴隨著他，使他在情緒上不受日常生活中的憤懣、誤會和失望所影響。起碼在一段時間內如此。

母親有心事時總是拿起針線活兒，縫著縫著，她蹙起的眉頭就會舒展開來。父親也一樣。每次他出門到海邊採購魚之前，總要在家裡發一頓無名火，但回來時心情便完全不同，全家都會被他輕鬆愉快的情緒感染。潘濂又想起嫂嫂，當母親對她太嚴厲，她就提出要到外面拾柴火。被流放的古人都好寫詩詞，他們都是在找精神寄託。

現在，釣魚對他來說比尋找寄託更重要。這將是他獲得食物的唯一途徑。

潘濂把纜繩上的繩結解開，它們本來是用來計算日子的。在輪船上，如果需要拼接纜繩，水手們就用一種尖頭鐵工具把繩子一股股拆開來。他現在沒有工具，不過這條繩子並不太粗，他有把握可以把它拆開來，取出其中幾股做釣魚絲。但他猶豫著遲遲不願動手，因為一旦沒有了繩子，他若再跌落水，就沒有任何東西能幫助他爬回木筏上了。

頭一天晚上，當他緊張地躺在甲板上，一隻手扶住木筏邊緣時，他曾考慮把當墊子用的帆布重新安在木筏周圍，這樣就不怕再掉下去了。但他將要重新躺在粗硬的甲板上，忍受寒涼夜風的吹襲。他內心掙扎了一夜。現在他撫摸著墊褥和繩子，依然拿不定主意。

他腦中出現一幅幅圖像：漁民們拖著網在夜間捕魚，他們木帆船上的燈光好像螢火蟲在閃爍；另一些漁民蹲在竹筏上等待，當魚像市集日的人群，成群結隊游來時，他們便一網打盡……他能否做個魚網呢？

帆布太粗糙，但包檸檬汁瓶子的那塊麻布或許可以用。他一下掀開貯物箱蓋子，所有空罐頭盒、空瓶子都保存在裡面。他從中翻出一個空瓶子和一個盛乾肉餅的鐵罐頭盒蓋。潘濂利用鋒利的盒蓋邊緣，小心地割開裹在空瓶外面的粗麻布。但他一用力，盒蓋的齒狀邊緣便彎曲了，盒蓋本身倒沒有變形。他為何不利用這盒蓋做一把刀子呢？先用笨重的水箱鑰匙把齒狀邊緣敲平，再把橢圓形盒蓋切掉一半，形成一把刀子。潘濂很需要一把小刀。因為捉來的魚需要切開。他關上貯物箱蓋子。如果找不到捕魚工具，就沒有什麼東西可切。那塊裹瓶子的麻布太小了。

他很不靈活地蹲下來，用手掬起海水擦洗身上的傷口。一群金黃色的小魚向他游過來，魚兒那麼多，爲什麼不可以用手抓一條呢？他猛地把手插進水中，手掌碰到粗糙的魚鱗。但當他想抓住從他指縫間游過的魚時，除了海水，什麼都沒抓到。

他覺得自己太蠢了，連忙跑到食物箱裡翻找。他一向生活儉樸，養成什麼都不輕易丟棄的習慣，但現在想從這箱子裡翻出一件有用東西，似乎有點荒唐。他把裡面的物品分門別類放好，最上面一層是還未吃完的食物，下面排成一整落的空罐頭、空紙盒、已生鏽的金屬片等，另一個角落裡是空瓶子，旁邊是手電筒。

他在安放手電筒時，無意中把開關推開了。電筒射出的光，使他憶起自己在木筏上度過的頭幾個夜晚。那時每聽見一種聲音，他都心生恐怖，打開電筒到處亂照，亮光引來許多飛魚，牠們盲目地朝甲板上蹦：如果能用電筒的光捉魚，他就可以保存纜繩，但依然得到食物！

他輕輕吹起口哨，開始製作刀子。把鋸齒邊緣壓平並不需要多大力氣，但要非常小心，否則會割破手指。他的腦子卻仍然無法平靜，因此許多尖銳的問題都冒出來分散他的精力。他可會再跌進海裡？他應當把防護帆布重新安上，或是繼續用來當床墊呢？

水箱裡的淡水快用光了，他用小量水匙舀水時已碰到水箱底。在斷水之前天會下雨嗎？他抬頭望望天空：西邊海平線上聚起一片淡淡的雲海。它們會變成烏雲嗎？颳過水面的輕風會增強，並帶來雨嗎？或是雲海要散開，輕風要消退呢？如果眞下雨，用帆布篷盛接雨水的做法行得通嗎？

他夜間使用手電筒的次數很多，但在半個月中，只有四、五條魚跳到甲板上。按照這種速度，他能獲得足夠的肉類來維持生命嗎？

□

那天晚上，潘濂先用繩子綁住腳踝，然後趴在甲板邊上，打開手電筒，把微弱的光線射到離木筏約一公尺半遠的水面上，電筒的光顯得蒼白、慘淡。是天上月亮的光太強？還是電池快用完了？或是天氣潮濕開關接觸不靈？

他把電筒擰開，將乾電池倒出來，用包檸檬汁瓶子那塊麻布揩拭，然後再塞回電筒裡。但電筒的光依然很微弱。他再次擰開電筒把電池倒出來。電筒裡的彈簧一下彈到甲板上，險些滾進海裡，他連忙抓住，塞回電筒裡面。

他正欲把手電筒蓋擰緊，卻突然打住了。猶豫片刻後，他把彈簧重新取出來，放在手心裡凝視著，思索著。一絲微笑在他嘴邊漾起。靠電筒亮光捉不到魚不要緊，只需把這彈簧扭幾下，把其中一頭磨尖，就會成爲一個很好的魚鉤！

但有魚鉤就要有魚絲，這就要把他繫在腳踝上的纜繩拆開。

他臉上的笑容頓時消失了。他可以獲得食物，也可以保留這根維繫安全的生命線，但兩者都要，是不可能的。

□

他花了幾乎一整天才把纜繩拆開，再重新搓成繩子。

纜繩的大麻纖維一股股被解開來，攤在潘濂的大腿上，他一邊工作一邊思考自己的計畫。釣魚絲要和纜繩一樣長，但要比纜繩細得多。多餘的大麻纖維將用來做「刀柄」。他已把乾肉餅罐頭蓋的鋸齒邊緣壓平，但它仍然鋒利得刺手，而且用作刀子時很不好拿。如果用大麻纖維包住一半，這「刀子」就既安全又好拿。他還應當編幾個環綁在角柱上，用來掛魚具和刀子，一旦需要，很方便就可以拿下來。他還應當留起一部分纖維作修補用途，或用來做現在還預見不到其必要性的其他東西。

潘濂最初編的魚絲又鬆又不均勻，他多次解開來重編，直到手指變得靈巧，掌握其中的規律。他把魚絲、刀柄和掛東西的環編好時，月亮已在空中高高升起。他激動得不願睡覺，把手電筒裡的彈簧取出來，將它擰成魚鉤狀，然後在水箱的金屬鑰匙上使勁磨擦，直到彈簧末端尖得像眞魚鉤。

帆布頂篷的斜面正好擋住了向海平線沉落的月亮，光線十分微弱，潘濂在微光中找到放在貯物箱裡的壓縮餅乾；他並不餓，壓縮餅乾也引不起他的食欲，而且只剩下幾塊了，他眞想省下來不吃。但不吃東西就沒有力氣，一旦下雨，他將無力洗刷帆布和進行接雨水的工作。釣魚也需要體力的。

他強迫自己嚼碎壓縮餅乾，它黏在他的牙齒和牙床上，他用舌頭刮下來，團成一團，然後勉強嚥下去，腦子裡卻想著第二天吃魚的情形。那天晚上當他終於沉入夢鄉後，他夢見自己一口一口吃著銀白色的、滑溜溜的魚肉。

第十三章　釣魚

雨點打在潘濂的臉上。冰涼的雨水把他從溫暖的夢鄉中澆醒。他惱怒地往帆布裡縮，但水滴像討厭的蒼蠅，一直鑽進他脖子裡，流到他胸脯上。

他猛地驚醒，跳起來檢查接雨水的帆布篷。由於沒有月亮，他什麼都看不見，但能聽到雨點打在帆布上的聲音，也可以感覺到雨水正往帆布的低處流，水花噼噼啪啪從帆布篷的邊緣往外濺。他用雙手掬起雨水貪婪地喝起來，但馬上又吐出來。這水像海水一樣，鹹得發苦！

潘濂非常失望地爬進筏井裡，思考著下一步的計畫。從木筏搖擺的幅度，海水拍打木筏邊上的聲音，以及海水沖刷他腳面等情況判斷，他知道海浪並不大，正有規律地起伏著。帆布篷的繩子繃得也不太厲害，這說明風速不大。但他仍不願冒險爬到甲板邊上清洗帆布篷上的鹽。讓雨水把它沖乾淨吧！他現在已沒有纜繩來綁住自己，萬一掉進海裡，也沒有繩子供自己拉住爬回甲板上。但他又擔心自己不該浪費時間。已經有兩天沒有下雨了，儘管他非常節約，水箱裡的水已不夠他度過一個炎熱的下午。如果這場大雨時間不長，他無法接到足夠的淡水，怎麼辦？如果還要等兩天才再下雨，怎麼辦？

潘濂從筏井爬到甲板上，抱住一根角柱，從帆布篷斜面一個角上邁過去，使自己面對斜面的外側，一邊靠腳趾的力量使勁攀住甲板，一邊用手開始洗刷帆布，從高處往低處洗，再從遠離自己的一個角落，洗到腳邊彎曲成兜狀的地方。

雨水打在他身上，沖洗著蒙在他皮膚、頭髮和鬍鬚上的鹽霜。一道電光劃過長空；緊接著是雷聲隆隆。他怕風暴愈颳愈猛，便爬回井裡，然後把帆布篷下面呈兜狀的地方托起來，讓含著鹽份的雨水傾瀉出去，接著他打開貯物箱，準備找個空罐盛水。

在黑暗中，他放得整整齊齊的各種盒子、空罐頭和金屬廢片也變成了危險品。他詛咒那些刺手的空罐頭盒蓋，埋怨自己思慮不夠周到。他終於摸到一個空罐頭盒，用它從帆布篷的兜裡舀起一罐剛積起來的雨水，放到嘴邊嚐了嚐。比剛才的好喝一點，但仍有一股明顯的鹹味。

他把積水又傾瀉了兩次，但突然意識到，他希望得到的那種淡水是不可得到的。於是他打開水箱，把帆布篷接到的雨水舀進水箱裡。

他一罐一罐地舀著。

由於早些時跌進海裡消耗了體力，他現在全身肌肉發痛。

風停了。

大海又恢復平靜。

雨點打在帆布篷上的聲音變輕了，往兜裡流的雨水也變成一線細流，但他仍繼續舀著，直到雨完全停了，兜裡只剩下一點水跡，而正在升起的太陽已開始把它烤乾。

他收集的雨水大概有兩加侖，還不到水箱的五分之一。下次下雨他要多收集些，因爲那時積在帆布上的鹽少了，他可以少花些時間清洗；以後一旦看見烏雲聚攏，有可能下雨時，他就往帆布篷的兜裡灑些海水，這樣鹽會溶解得快些。一開始下雨，他就用那塊粗麻布擦洗帆布篷，它會比用手洗的效率高得多。他還要把麻布和舀水用的空罐頭盒用纖維繩掛在木柱上，以方便拿用。但首先他要試驗一下自己做的魚具。

□

如同每次狂風暴雨之後一樣，魚兒少了，大魚更是一條都看不到。這時，在木筏附近游著一群藍白色、紫色和棕褐色的小魚，其中有一條尾部開叉、身上綠得像寶石、身長約三十公分的魚兒。怎麼辦？他選哪一條做試驗品呢？

他的魚鉤不大，所以他準備的線也比較短。這樣，倘若大魚上鉤，他可以很快把線拉上來。但除此之外，他想像不出還應採取什麼防護措施。該用什麼作釣餌他也不知道。在家鄉釣魚，他常用蚯蚓或小青蛙，但聽說有人用麵團作釣餌。如果他拿一點乾肉餅，搓成球狀，是否和麵團一樣發揮作用呢？

顯然不行。魚鉤一落到水裡，那肉餅就散了，小魚紛紛游來搶食，好像魚缸裡的熱帶魚一樣。他又試著在魚鉤上掛一塊壓縮餅乾的碎片，但一用力鉤子就彎了。他改變辦法，用水先把餅乾泡軟，再往鉤子上放。但泡軟的餅乾在海水中很快便化掉，小魚再一次游上來搶吃餅乾屑。

潘濂索性把沒有餌的魚鉤丟進水裡。姜太公釣魚不是也這樣嗎？願者上鉤嘛！它們還眞的上鉤了。魚兒也會上他潘濂的鉤的。

幾條小魚在魚鉤周圍游了一陣。潘濂搖晃著線，那銀白色的鉤子閃了幾下，很有誘惑力。一條棕褐色小魚游過來，但嘴巴一接近魚鉤，便游開了。牠曾側著身子又游過來幾次，但總是不願靠得太近。

他又慢慢把魚鉤拉到一群與木筏並排游著的魚兒中。但小魚馬上躲開了，彷彿魚鉤是游來襲擊牠們的大魚。潘濂等待魚群重新出現。他眞不知道姜太公等了多久才等到魚兒來上鉤。如果總是釣不到，他要下手去抓了。

他不再搖晃手中的線，但這樣做也沒有效果時，他又試著拉動魚鉤。但魚兒仍然不上鉤。他傷痕累累的手，被粗糙的纖維繩磨得很疼。記得在家鄉釣魚時，他有時在河岸上插根枝杈，把魚竿支在上面。現在他可否把線繫在木槳上，自己坐在上面，好讓帶傷的手多歇一會兒呢？

他活動一下僵硬的手指，看著手上被藤壺硬殼割破的地方直皺眉頭。這些傷口似乎比其他傷口癒合得慢，有幾處甚至已開始化膿。甲殼動物有毒嗎？不可能。魚游到木筏下面，不正是爲了吃牠們嗎？……他突然笑出聲來。這聲音打破了周圍的寂靜，驚動了水中的魚群。藤壺不就是魚餌嗎？他正坐在魚餌上面呢！

他一邊笑一邊把魚絲收起來，用那把自製的刀子從木筏邊上刮下離水面最近的一隻甲殼動物，然後用水箱的鐵鑰匙將殼敲碎，用魚鉤鉤住殼內的肉，最後，再次把線拋進水中。

起初魚兒都不理睬這塊新誘餌，但這樣鮮美的食物牠們無法永遠不理睬。魚餌旁邊冒出幾個水泡。他感到魚絲被拽了一下，隨即看見一條棕褐色的小魚在啃那塊藤壺肉，但牠碰不到魚鉤。潘濂心煩地把線收回來，在鉤子上又掛了一塊新的釣餌，然後再把線拋出去。他索性把碎殼和碎肉都推到水裡，一群小魚馬上游來搶吃這意外的美食。

魚鉤動了一下。潘濂用力一提，把線拉了回來，那魚拼命扭動身體，使魚絲差一點從他手中脫落。潘濂急忙抓住魚尾巴，用力把牠摔在甲板上。魚兒不動了。他解下鉤子，清洗魚具，並把它們掛在柱子上，最後才仔細審視自己的獵物。

這種魚在水中游動時，身體呈現棕褐色，現在一看，牠好像是無色的。潘濂很失望，因爲這條約二十公分長的魚，魚頭幾乎占去一半。牠身體扁平，說明肉不會很多。他用刀把魚頭切下來，但留下魚尾，以便於他拿來刮鱗和清洗。

去掉魚鱗後的魚肉灰灰的，看上去真使人倒胃口。潘濂用刀刮掉魚皮，切下一小塊肉來。他手心裡這塊帶點粉紅色的魚肉，和他昨晚在夢中見到的銀白色、又細又嫩的魚肉太不相同了。他很謹慎地用鼻子聞了聞，一股像阿摩尼亞似的怪味傳入他的鼻腔，他不禁皺起鼻子來。他眞想把這魚肉放進海水裡洗一洗，雖然他明知這樣做是可笑的。

他沒有這樣做，反而閉上了眼睛。看也沒有用。要麼吃，要麼餓肚子。神仙可以不吃東西，他是人，人是要吃食物才能生存的。

他緊緊閉上眼睛，彷彿味覺和嗅覺也可以隨著眼睛一起關閉起來，然後咬了一口那塊滑溜溜的魚肉。他強迫自己不停地嚼。魚肉那股難吃的味道眞使他懷疑，這種小魚除了苔蘚和藤壺之外，還吃些什麼。也許還吃水草吧，或吃過往船隻倒進海裡的垃圾，或吃他死去的工作夥伴們的屍體。

潘濂不願再想下去了，他恨不得把嘴巴裡的魚肉吐出來，但經過一番掙扎，他沒有這樣做。這條魚和他吃過的許許多多魚有什麼區別？只不過，過去吃魚都是加上葱、薑、蒜等作料，然後蒸熟，熟到用筷子一碰肉就脫下來。而現在他嚼的卻是一塊生魚肉。

吃生魚肉會生病嗎？也許會中毒吧？胡說！戰前他曾隨船到過日本，去過他們的餐館，看見過日本人吃生魚肉。這不過是個習慣問題而已。

他想起自己在坦達號上吃第一頓飯的情景。一位在船上做侍應生的老海員，看見他顧慮重重地翻著碟子裡那堆黏糊糊的東西，便笑著對他說：「凡是背朝天的東西都能吃，你別發愁了。」

但他就是嚥不下去。他的喉嚨好像收縮起來，連口水都不願嚥。一股腥味衝出他的鼻腔。如果他不把魚肉吐出來，他連氣都沒法喘了。

潘濂把身體探出甲板，把嘴裡的東西吐掉。一群小魚游過來爭奪他吐出來的又腥又臭的東西。他禁不住渾身打起寒噤，連忙擰開水箱蓋子，用淡水拚命漱口，然後一口一口喝起來，但仍無法去掉嘴裡那股腥臭味。

他看了看魚鉤和魚絲。海上連船的影子都沒有。天上也沒有飛機。有的只是甲板上擺著的那條被切掉腦袋的魚。

壓縮餅乾也很難嚥下去，但他不是嚥下去了嗎！因爲只有這樣才能保持體力，才能活下去。乞丐吃垃圾，甚至吃草，吃泥巴，難道不都是爲了活命嗎!?潘濂伸手拿過刀子，剖開魚肚，一小塊魚內臟從魚肚裡滑出來，掉進甲板縫中，不知那是魚的肝臟還是心臟，反正潘濂的決心似乎和它一起消失了。但他仍繼續清理魚內臟，去掉魚骨頭。他知道人一餓，失掉的決心是會恢復的。也許不是今天，也不是明天，他的壓縮餅乾還能維持兩天，但在這以後……也許他不會馬上需要，但慢慢地，當食物的意義超過其他一切時，他會吃的。

他突然停下手中的活兒。魚放那麼久會壞嗎？它的味道更難聞了。腐爛的臭氣還要多長時間才和死亡的氣味混爲一體呢？

要是有鹽和曬東西的籮筐就好了，他可以像父親曬鹹魚那樣把魚醃起來曬乾。鹽？當然有！整個大海都是鹽！至於籮筐，那是曬好多魚時才用的。爲了家用，他母親和其他家庭主婦都是用繩子把魚穿起來，成串掛在竹竿上曬。他也可以這樣做！在兩根柱子之間繫一條麻纖維，然後把捉來的魚掛在上面曬。魚一曬，身上就會結出鹽霜，就像帆布篷和他自己皮膚上結出的鹽霜一樣！潘濂興奮地舉起雙臂，對著蒼天發出勝利的歡呼。

第十四章　背我走！

爲了使魚曬得更好，潘濂在木柱之間繫了兩條與帆布篷斜面平行的纖維繩，這樣可以曬得更充分，更通風。他在魚兒尾巴上穿個洞，用一小段大麻纖維吊在繩子上。然後，他開始清理貯物箱裡的東西，他將把曬好的魚乾收藏在裡面。他把箱內的空瓶和廢盒，以及手電筒等物拿出來，分別收在井裡兩個隔艙裡，最後，他把貯物箱內的鐵鏽刮乾淨。

這一天的下午和第二天早上，他查看了兩三次晾在繩子上的魚，聞聞它們的味道是鹹魚的香味，還是魚肉腐爛的臭氣。後來他又釣到七條小魚，在清理完內臟後，把它們掛在繩子上曬。隨後，他坐下來用大麻纖維編了一條細繩，用來捆住舀水的廢罐頭盒，另外又準備了三十多根短繩，以便釣到更多魚時拿來曬魚乾用。

到下午氣溫最高的時候，猛烈的陽光和空氣中大量的鹽分，似乎加速了魚乾的製作過程。經過晾曬，魚變得像牛肉乾一樣，比鮮魚小多了，也輕了很多。魚肉的顏色變深了，樣子和他頭一天吃的那條魚大不相同。他一想起那又腥又滑的魚肉就反胃，似乎那股氣味還留在嘴巴裡，因此他開始嚐新曬的魚乾時，只咬了一小口，甚至可以說，他只是用嘴巴試探性地碰了一碰。

他嚐到的味道卻使他十分意外。那味道鹹淡適中，魚肉很耐嚼。過去，他用一小塊母親曬的魚乾就能送下一大碗白粥。現在他自己曬的魚味道淡得多，很像英國人愛吃的那種烤魚的味道，不鹹不淡。他在船上當侍應生時，不大喜歡吃這種味道的魚，但如今吃了近兩個月的壓縮餅乾，他覺得這種味道簡直稱得上是美味。

□

並非所有的魚都能用魚鉤來釣，有些即使能釣，卻不適合食用：有些太小，有些太大，還有些背上長尖刺，或肚子一碰就會像汽球一樣脹起來。他盡量避開這種魚，因爲他見其他魚也避開牠。等待合適的魚和恰當的時刻是要很有耐心的，還要掌握時機，及時出擊。

那種棕褐色的小魚最容易釣，因爲牠們嘴饞。但牠們的鱗、翅和牙齒又硬又尖，常常刺破潘濂的手指。而且牠的肉很少，要二十多條才夠他吃一頓。有一種身體較長的銀色魚，牠肉多，鱗較軟，看來沒有牙齒，但牠的嘴巴很小，有時潘濂會因此上牠的當：還沒上鉤就拉線，結果不但釣不到這條魚，連其他魚都給嚇跑了。那種有藍、綠色條紋的魚太機靈，太好動，很難釣得到。過了幾天之後，連那種棕褐色小魚也變得很機警了。

每當月兒又圓又亮，飛魚有時會被帆布篷斜面映出的白光吸引，一下躍到帆布上，偶爾會有一、兩條落在盛接雨水的兜兜裡。這種魚不到三十公分長，但身體圓圓的，頭部不像先前那種魚大得不成比例，肉卻比原先那種多出一倍。但幾天之後，當圓月消失，飛魚就不再來了，他只好又靠自己釣魚來充飢。

釣魚使他精神高度緊張，頸部和肩膀的肌肉都會發疼，但他並不在意。他已經坐了一個半月，除了坐著等待，幾乎無事可做，因此現在每天都有做不完的事反而是一件樂事。他常常在釣魚、切魚或清洗的時候想起母親和嫂嫂，她們每天都要做許多單調的家務。她們是否感到這是一種樂趣呢？是否覺得這是她們每天黎明必起的理由呢？一天結束，她們也像他現在這樣，由於取得成果而感到喜悅嗎？

第一次遇上雨天，潘濂花了好大勁才把魚乾逐條解下來。後來他發現，只要把兩條大繩解下來，所有的魚便一下子都收起來了。他把解下來的兩串魚丟在甲板上，著手淸洗帆布篷。他想趕快把它洗乾淨，以便多積些淡水。但在把水舀進水箱時把魚乾濺濕了。等到雨下完，原先曬得很乾的魚已變得潮濕、疲軟、滑溜溜的，魚肉一碰就掉。後來他再沒犯過這個錯誤。不過，他曾把沒曬透的魚收進貯物箱裡，使裡面已經曬乾的魚受潮變質。後來，潘濂一見天空聚集起烏雲，便立即把兩串魚拿下來，掛在頂篷後面，使它們得到遮蓋，盡可能少受雨淋，在舀水時也不致被濺濕。

他編了一根比較長的痲繩，用它捆住刀子，釣魚時掛在脖頸上，這樣，一旦釣到魚，他就可以立即刮鱗，開膛，去掉骨頭和內臟。在他刮洗刀子的板條邊上，漸漸積起一堆灰白色的魚鱗。這一小堆廢物及滴在甲板上的魚血，經太陽一曬，發出一股難聞的臭氣，他只好每天上午把甲板洗刷兩三次。由於經常使用刀子和洗刷甲板，他的手開始腫起來，裂口也多了。

有些現象潘濂很難解釋，例如在陽光照射得最猛烈時，魚兒從來不上鉤；而每當海上起風浪時，魚兒便似乎全部消失掉。他要很注意，不讓魚絲在木筏邊上磨擦、損耗，還要眼觀四方，注意觀察水中的魚群和掠過的黑影，因爲牠們可能預示大魚的到來，太大的魚是會把他的魚具扯斷的。

他每天要釣四、五十條魚，並要開膛清洗，然後還要磨魚鉤，這些事很快就變得非常吃力。一下雨他更不耐煩，因爲打亂了他釣魚和曬魚乾的周期，同時又增加了儲存雨水的工作。不過，要是連續兩三天沒有雨，他又會感到非常不安。

爲了節省時間和體力，他不再用藤壺做魚餌，而是改用魚肝、魚心等魚內臟。他發現魚很容易被帶血的東西吸引來，因此索性把魚頭、魚內臟等物一起推到海裡，等魚群游近，他便用手撈，那些不太機靈的魚有時會被他一把撈上來。有時他拉魚絲的手指很疼，他便改變方法，在木筏邊上吊下一條魚腸，魚兒一來吃他就往上拉。用這種辦法必須眼明手快，否則魚把腸子咬斷就逃之夭夭，再也抓不到。

亮堂堂的魚鉤、魚內臟和魚血等物引來了更多的魚，其中有形狀像魚雷的魚，還有鯊魚。這些魚很可怕，魚雷魚的下顎向外突出，牙齒像狗牙，一下能躍出好遠；鯊魚的嘴巴又大又兇狠，尾巴一甩非常有力。潘濂很擔心，在水下看不見的地方還潛藏著其他兇猛的魚類，會隨時竄上來襲擊。更糟的是，鯊魚一來，他賴以生存的小魚就都被嚇跑了，使他連每天需要的最低數量都釣不到。

早上爬起來幹活兒，變得愈益艱難了，到黃昏，他已疲勞得連頭都抬不起來。這時，睡眠似乎比吃辛辛苦苦釣來的魚更加迫切。但當他躺到帆布墊子上，又總是無法合眼，腦中縈繞著那隻他小時候救過的「單眼」小雞。難道現在他要活下去所作的努力，也像拯救「單眼」時一樣徒勞和枉費心機嗎？

一件早已忘卻的往事突然出現在他腦海中：由於母親年幼時纏過足，家裡挑水的活兒總是由父親來做。儘管這種家務勞動是婦女們的事，但父親仍挑著沉重的木桶把水從村裡的井那邊挑回來。然而，母親每月卻可以邁著艱難的步履，跋涉八里路回娘家去，而且還要背著阿濂。每次出發時，他都喜氣洋洋跑在母親前面，在那條塵土飛揚的沙礫小路上活蹦亂跳，一會兒追小鳥，一會兒抓蜻蜓，一會兒踢著樹下的落葉，直到累得走不動。這時他便拉住母親寬大的褲腳，哭著要母親背。母親只好把包袱提好，蹲下來讓他爬到背上。他高興地用雙手緊緊摟住母親的脖頸，假裝自己在騎一頭高頭大馬，兩條小腿和膝蓋用力夾著，催促母親快走，母親就這樣跌跌撞撞往前奔。

往事使潘濂心中充滿內疚與慚愧，他懊悔地嘆了一口氣，但他是多麼希望母親這時能來把他背走啊！

第十五章 用牙拔釘子

又是一個黎明。

他更瘦了，骨骼更加突出了。

舊的傷疤上又出現了新的傷疤。

恐懼總是籠罩著他，像冬天穿的羊毛衫一樣緊緊裹住他的身體。

他筋疲力竭。

他極度虛弱。

根據月亮變化的形狀，潘濂知道自己大概只釣了八、九天魚，最多不超過十二天，或十三天，因爲他開始釣魚時，月亮是圓圓的，而現在天上掛的是蛾眉月。但他覺得自己已釣了很長時間。

鯊魚愈來愈大膽了。只要他往水裡扔垃圾，鯊魚和其他大魚便衝上來搶食。有一次在爭奪中，一條魚被咬傷出血，血使鯊魚變得更兇猛，因此潘濂不敢再用手去撈木筏旁邊的小魚，也不敢再用魚腸代替魚具釣魚。雖然氣味難聞，他也不敢把魚頭、魚內臟、骨頭等丟進水裡，而是把它們集中起來，連同自己的糞便一起塞進空盒子內，盡可能往遠處拋，每天拋一次。

他吃得不多，因此排泄物並不多，而他能釣到的魚也比過去少得多，因此沒有多少東西要丟。但垃圾總是有的，而且他也很難讓用作魚餌的內臟上不帶血跡，更無法讓自己釣到的魚不在水中亂跳，而這些都是招引鯊魚的因素。他覺得鯊魚愈來愈多了。

頭一天他數到五條，其中只有一條超過一公尺半，其餘的大約只有一公尺出頭，並不比在附近游的其他魚類長多少。但鯊魚的頭很大，還長了兩隻惡狠的小眼睛，總給人一種恐怖感。

牠們有時在周圍漫游，但突然躲到魚群下面，然後張著大嘴向魚群衝去。牠們也在木筏的四周游來游去，有時用頭頂木筏一下，然後猛然沉到海底，再從木筏的另一邊鑽出來。有時牠們以很大的勁碰撞木筏，以致牠們砂紙般的硬皮把木筏邊上的藤壺都刮下來了，有時甚至把木筏磨擦得直起木屑。如果牠們猛撞木筏，怎麼辦？誠然，木筏很重，結構堅固，不至於撞翻或撞碎，但他本人有可能失去平衡，掉進大海裡。特別是夜間，這是牠們最放肆的時候，也是他自己最無能爲力的時候。

昨晚他就是被魚尾鰭刮到木筏邊上的聲音弄醒的。但當他驚醒坐起來時，只見漆黑的大海和映照在海面上的星光。他當時精神緊張得像拉緊的琴弦，但只能焦急地等待黎明的到來。整個上午，他都試圖尋找那些不祥的黑灰色鯊魚鰭和鯊魚黃灰色身體的踪跡。但他要釣魚，無法集中精神去觀察；帆布篷的斜面又擋住他的視線；加上光線太強，鯊魚的行動非常靈敏，他本人經過一個不眠之夜又顯得特別遲鈍，因此精神雖高度緊張，卻一條鯊魚都沒發現。

他突然感到魚絲被拽了一下，但感覺不到重量。難道釣餌又被魚偷吃了？他馬上把線拉回來查看，這時只見一條大魚正在把張開的大嘴合起來。幸虧不是鯊魚，他頓時鬆了一口氣，但突然注意到魚鉤的狀況。這條大魚僅僅碰了一下鉤子，整根鐵絲卻幾乎拉直了。

潘濂把拉壞了的魚鉤和所剩的一點釣餌抓在手裡，目瞪口呆地坐在甲板上，全身控制不住地發抖。他意識到自己險些丟掉這鉤子，而它是取得食物的唯一工具，是他與生命的唯一聯繫。

潘濂嚇了這一跳，身體變得更加虛弱無力了。他還感到噁心，直想吐。如果能擺脫鯊魚，他就沒危險了。他想把刀子繫在木槳的末端，待鯊魚下次來襲，便用刀刺過去。但這可不是鋼刀，它不過是一塊馬口鐵片，它傷害不了鯊魚，反倒會激怒鯊魚。何況他眼前的問題還不完全是鯊魚，而是釣魚鉤太小了。

是的，他爲什麼沒注意到這點呢？他現在釣魚所消耗的體力，是無法用釣得的魚補償的。如果有個更大、更重的魚鉤，即能釣起七公斤，或十公斤大魚的鉤子，那麼每天釣兩三條就等於現在釣四、五十條。這樣不但可以節省體力，要處理的垃圾也會少一些，招惹鯊魚的機會也會相對減少。

他的腦子被各種突如其來的想法搞得很亂，思路慢慢才能理順。金屬，這樣一個釣魚鉤一定得用金屬來做。他仔細觀察木筏一番：井裡兩個隔間的門栓太寬、太鈍；水箱鑰匙太厚、太重。量水用的長柄匙呢？不行。釘子也許行吧？甲板上到處都可看到生滿鐵鏽的釘子頭。

他將用釘子做魚鉤。

潘濂感到輕鬆一些了，但這個決定並沒有給他帶來喜悅。他現在已經在思考怎樣才能爲這個新魚鉤準備新線。剩下能拆開的唯一一根繩子，是掛在木筏邊上呈環狀的救生索，它們就掛在離水面很近、鯊魚經常出沒的地方。如果他停釣幾天，什麼垃圾都不往海裡扔，鯊魚一看沒有動靜，沒有食物，很可能會失去興趣而游到其他地方去。但如果不釣魚，他又吃什麼呢？如果把救生索拆掉，一旦跌落海中，他就沒有辦法再爬上來了……

潘濂禁不住嘆了一口氣。一個問題解決了，新的問題又出現，而他已經很疲勞了。鯊魚變得更兇惡，難道是因爲感到他已筋疲力竭、心裡發慌嗎？難道牠們眞有辦法知道，最後勝利遲早屬於牠們？

他茫然若失地看著大海和天空。還要等多久才能獲救，才能停止這場搏鬥呢？也許老天爺在和他開玩笑，假裝同情他，而事實上卻在戲弄他？就像寓言故事裡那個漢子……

話說那漢子捉到一隻龜，要拿牠燒湯喝，他卻沒有立即把龜丟進沸水裡，而是在熱鍋上擺一根細竹竿，然後對那龜說：「你若能從竹竿上走過去，我就放掉你。」

烏龜不想死，下決心終於攻下了難關。但當牠走到竹竿的另一頭，那男人卻說：「你再走一次吧！」……

在潘濂沉思默想時，黑雲已悄悄聚攏，天空暗下來了，接著便是滂沱大雨。但他已無心思爬起來洗刷帆布篷和積攢淡水，他只把晾著的魚乾拿下來，掛在帆布篷下面。他數了一下，昨天釣了三十七條，前天十三條，加上今天早上釣的九條，還有食物箱裡儲存的二十多條，他總共大約有八十三條魚乾，即夠吃兩天的食物，但也許要吃四天或更長時間。現在一切都取決於要用多長時間才能把那條救生索解下來。挖鐵釘也會很費勁，即使肚子吃得很飽。如果他挖釘子那天吃四十條，其餘三天就只能每天吃十一條。

雨水和浪花濺濕了潘濂的背，他急忙鑽進帆布墊裡。要是有個同伴商量一下，給他鼓鼓士氣，出出主意，該有多好……

□

陣雨來得急，停得也快。金黃色的陽光又猛烈地照射下來，把被雨淋濕的甲板曬得直冒煙，就像煮紅豆粥時鍋裡冒出來的蒸氣。潘濂推開帆布墊，伸手拿過水箱鑰匙，把水箱蓋打開。鐵蓋把他磨破的手指碰得很疼，他痛得皺了皺眉頭。

舀水的長柄匙碰得水箱壁噹噹作響，從匙柄上浸濕的印跡可判斷出存水的多少。起碼暫時還不需要限定飲水量，他放心地喝了幾大口，然後抬頭環視四周的水面，尋找鯊魚的蹤跡。他看到在四、五十公尺開外，鯊魚灰色的身體正從水面上游過，但牠們沒有靠近木筏。他鬆了一口氣，隨即把魚乾重新晾出去，然後跳進井裡尋找一枚能挖出來的釘子。

他用手指摸摸生鏽的釘頭，鐵鏽染紅了他的手，這顏色使他想起煮蕃薯的色彩。鐵鏽下面發亮的地方，又使他聯想起點著的香菸頭……潘濂搖了一下腦袋。必須聚精會神：船上用的釘子不同於一般木匠用的釘子，兩者都有尖利的一端能釘進木頭裡，但船用釘子從釘頭到尖端呈斜面形，整枚釘子不是光滑的圓柱體，而更像一個拉長了的六邊體。

如果從木板中央取出一枚釘子，不會造成多大損失，但活動餘地大，從任何一個角度都可以下手，槓桿作用最佳。他可以選甲板上被帆布篷斜面蓋住的一條木板，取出中間的釘子，這樣，日後就不大可能踩在挖過釘子的地方而跌跤。

他決定趁白天氣溫最高，鯊魚不出來時先好好休息，養精蓄銳，待晚上才開工。

□

當最後一束陽光溶進藍黑色的大海中，潘濂便解下帆布篷，把它推到一邊去，然後選好板條中央一顆釘子，用水箱的大鐵鑰匙當工具，開始挖起來，起初他只是試探，後來便用盡全力去拔。

他想盡可能挖深一些，破壞的面積小一些。但月光微弱，能見度很低，他主要是靠觸覺在工作，而且由於用力過度，胳膊不時抽筋，使他的動作不甚準確，那個鐵鑰匙有時便離開目標在板條上亂捅。他一邊罵，一邊把工具握得更緊，用力往木板裡挖。碎木屑一點一點掉下來，汗水一滴一滴滲進他額上的皺紋裡，他咬緊牙關，但已經感到手指發麻。

他停下來，把碎木屑裝進一只空罐頭盒內，然後打開水箱，貪婪地喝了幾口水。清涼的水流進他喉嚨裡，潤濕了他發熱的臉頰和毛茸茸的鬍鬚。他發覺自己累得直喘氣，好像剛挖完一條大壕溝似的。

他坐下來，由於已停下手中的活兒，夜風更顯出寒意，他拉過帆布床墊披在身上，幻想能喝上滾燙的熱茶，能用熱毛巾揩掉汗水和污垢，再抽上一兩根香煙。

□

夜深了，潘濂感到手中的金屬鑰匙愈來愈難掌握，但罐頭盒裡的碎木屑愈堆愈高，洞也漸挖漸深了。當月亮終於消失在朝霞彩虹色的亮光中，一枚十公分長的釘子，從一個有如嬰兒拳頭大小的洞中露了出來。

潘濂從板條縫中看到，鐵釘的斜面已開始變窄，說明木板下面只嵌著約一公分的釘子頭。如果他不抓住已露出來的部分，根基一旦挖鬆，釘子就有可能落到大海裡。一想到這種可能性，他不禁顫慄了。但當他用手拔釘子時，他手上的汗和血把釘子弄得滑溜溜的，像塗了油。他用金屬鑰匙推了一下釘子，但推不動，是否還要往深處挖呢？

太陽露出海平線，把天空映成一片金黃，但潘濂頭暈目眩，眼睛灰濛濛的，什麼都看不清楚，也無法思考問題。看來他必須休息一下，吃點東西，在擬定下一步計畫之前恢復體力。

□

他睡得很不安穩，醒來後仍感到疲勞。中午氣溫很高，他前一天沒有處理掉的魚內臟和自己的糞便發出陣陣難聞的臭氣。他用木屑把它們蓋住後，將盛廢物的罐頭盒拿到井內的隔間裡，然後又開始研究那顆釘子。他手上到處是傷口，靠手力拔釘子是辦不到的。他又試著繼續挖下去，但手痛得比他預料的更厲害，那一下一下的挖掘動作已軟弱無力，而且很不準確。

他索性全身平趴在甲板上，面對洞口，用牙齒咬住釘頭。他感到似乎頭皮和頸椎都冒出寒氣，一直穿透脊背，全身都起了雞皮疙瘩。他用手掌撐住甲板，使勁往上拔。但牙齒似乎鬆了，要碎了，血從牙床裡流出來。他吐了口唾沫，活動了一下頭部。

這次他要用大牙咬住釘子再試。他又感到一陣寒氣，全身又冒出雞皮疙瘩，脖子上的肌肉在抽搐，嘴裡像拔牙碰到神經一樣痛了一下，疼痛很快擴散到牙根、牙床和整個頭部，直到變成劇痛，像爆炸似的。

但釘子動了。

只稍稍動了一下。

已足以證明它是可以拔出來的。

潘濂渾身出冷汗，他從那塊粗麻布上割下一小塊，用它包住釘頭再試。粗麻布使他免於直接接觸金屬釘子，又有墊子的作用，使釘頭尖硬的邊緣不致碰到他的嘴，他可以咬得更緊。但牙齒和下顎所受的壓力是無法減輕的，嘴裡金屬和血的腥味也是消除不了的。

他先用一邊的大牙，然後再換另一邊的大牙拔，但進展緩慢，就像母親回娘家時艱難的跋涉，不過，像她一樣，潘濂堅持著，不肯放鬆。

口渴，使他不得不停下來。由於身體虛弱，四肢不協調，他的動作像個木偶，喝水時竟把水灑得到處都是。他乾裂的嘴唇和腫脹的舌頭被水浸得發疼，但很快便感到舒服。他很想睡覺，很想鑽到一個又黑又軟的地方，醒來時，能以全新的、毫無痛苦的面目出現……

求生的願望，促使潘濂不顧一切，再次用牙齒緊緊咬住釘子。每次用力拔，他都感到頸椎和後腦像觸電一樣難受，牙根也像著了火一樣，一陣強過一陣的巨痛衝擊著他，疼痛短暫的緩和只預示著更大的痛苦……

但突然，木頭鬆了，釘子被拔出來那一剎那，是那樣出其不意，以至他猛的把頭撞在甲板上，幸虧他緊緊咬住，釘子才沒有掉下來。

第十六章　躍過龍門的魚

等待。

等待他手上的傷口癒合，以便把鐵釘改成魚鉤。

等待鯊魚游向遠處，好讓他割下木筏邊上的繩環，做成新的魚絲。

等待救援，使他不必再爲上述事情操心。

繼續等待。

他試圖拉長觀察海、空的時間，藉此打發時光，但兩個多月以來，他面對的是空空如也的大海和天空，現在要加強觀察眞好像是演滑稽戲。因此他坐著什麼都不幹，或乾脆打盹兒，做他的白日夢：抽菸；吃又香又稠的粥；在傷口敷上能減輕他痛苦的膏藥。他還要擬定下一步的行動計畫。

如果只割下木筏兩邊的繩環，而保留另外兩邊的，他便可維持一定限度的安全設施，同時得到足夠的材料，可做成一條又長又結實的魚絲，這樣，即使上鉤的是條大魚，他也可盡量放長線，讓鉤子牢牢鉤住大魚才把它拉上來。但魚餌必須是活餌，例如他在家鄉釣魚時用的小青蛙。儘管那些小青蛙已經不會動，但他把鉤子從後部往前穿，不但可以把鉤子掩藏在青蛙的嘴裡，還可使青蛙的頭部抬起來，樣子像要跳躍。現在他可以利用那些游來游去的小魚來取得相同的效果，但首先，要用小鉤子釣一條小魚，然後用大鉤穿住牠的尾巴，把魚鉤隱蔽起來，小魚一扭動身體便能吸引大魚游過來。這是個很理想的圈套。

他急著實驗這個新計畫。他很生自己的氣，因爲他早該知道，光靠小魚是難以維持生命的。但他性情太急躁，想到一種辦法就要採用，不考慮其他可能出現的問題。故事裡不是諷刺過這種人嗎？據說，有個男人想在集市上把一塊金子偷走，但亮閃閃的金子映得他睜不開眼睛，他竟不顧周圍走來走去的人群就想動手。現在他還有什麼問題應當考慮呢？

他思索著。

海水嘩嘩拍打木筏的四周。

木板發出吱吱的響聲。

魚內臟和他自己糞便發出的臭氣，愈來愈難以忍受。

他手上的傷口終於癒合了。

鯊魚消失了。

他無法再忍耐，因爲食物即將吃光，但爲了更有把握，他還是耐住性子再等一天一夜。讓手上那層新皮長得更好一些吧。

終於，他在甲板左側趴下來，身體盡量朝外探，然後把手小心翼翼伸到長滿藤壺的木筏邊上，直到手指觸到繩環。

他心裡很緊張，怕鯊魚再游來，但仍一手抓住繩索，一手握緊刀子，開始切割起來。海水舔著他的手指，好奇的魚兒游近，他連忙把手向後一縮，刀子從手中掉下來了！幸虧他搓了一條細繩繫住刀子，又把繩子套在脖頸上，所以刀子沒有漂走。他迅速把它抓過來，並握得比剛才更緊，而且用盡力氣拚命割，希望趕快做完這件事。

刀子並不快，繩索似乎是一根纖維一根纖維地在斷開。但終於，在太陽快落到西邊地平線上時，他從水中拉上來將近五十公尺長的救生繩索。

繩子上結滿苔蘚和藤壺，而且由於海水浸泡和太陽曝曬，已變得非常難拆。潘濂辛苦地分開每股纖維，他要用它們搓成新的魚絲。海面上吹來的習習清風把纖維拂動，使他聯想到風中的乾草；還有陸地；家鄉，這回憶既甜，又苦。

隨著手指在纖維上輕輕移動，潘濂彷彿看見母親和嫂嫂含著淚在爲全家納鞋底，那又粗又長的針穿過一層層布，一針又一針，每雙鞋底不下一千針。現在，這條魚絲也要搓一千下才能搓成。

還要做魚鉤。

潘濂用水箱的鐵鑰匙做錘子，硬是在釘子上敲出一個彎度。每錘一下，他手上剛剛癒合的傷口就會多震裂一點，疼痛從手上傳到整個臂膀，一直痛到背部，疼得肌肉不斷抽搐。汗水從他臉頰上往下淌，流進他的鬍鬚和嘴巴裡，那味道像淚水一樣鹹澀。但他沒有停下來，而是繼續敲著，錘著，然後又把釘子放在鐵鑰匙上用力磨擦，直到那個彎曲得古古怪怪的釘子被磨出一個尖頭來。

□

潘濂六天沒有釣魚了。由於吃得少，休息得少，他更虛弱了。但當他拋出新做的魚鉤和魚絲時，他仍抱著新的希望，並默默求天后保佑，讓他釣到十幾公斤重的大魚。

爲了安全，他本想釣魚時把新魚絲綁在手腕上或繫在木筏上，但後來覺得，這樣做很可能在魚兒上鉤時拉破手腕，或扯斷魚絲，從而連鉤也給魚兒拉跑，因此他只鬆鬆地在手指上繞了幾圈，讓整條線保持鬆弛。在線的另一端，有一條他用小魚鉤釣上來的小魚，正在拼命扭動身體。這條小魚無法像其他小魚那樣在大魚襲擊時從木筏下逃跑，只要大魚一張嘴，就會變成牠的腹中物。潘濂忍不住笑出聲來了。過去每當地主霸佔農田時，祖母總是說這是「大虱吃小虱」。魚兒也是這樣，大魚吃小魚。

他已掌握大魚的活動節奏，牠們常常在小魚的附近出沒，因此潘濂注視著水面的變化。有好長一陣子，平靜的水面幾乎連一圈漣漪都沒有。但突然，他好像看到一個灰色影子游過。是鯊魚？幾天以來一直不見牠們的踪影！他覺得魚絲被扯了一下，那猛然的一拽使他震驚，因爲他意識到自己連一點力氣都沒有了。他迅速放線，然後跳進井裡，緊緊靠在水箱上。金屬水箱被太陽曬得很熱，燙得他連忙跳開。他罵了一句，重新爬到甲板上再放線，這次他以木柱子做靠山。

他不敢把線放得太長，怕線纏在一起，但又怕放得過短容易扯斷，因此他變換著，讓手中的線時鬆時緊。他希望那不是鯊魚，同時希望牠趕快投降，否則自己將很難堅持下去。他又放了些線；讓魚兒產生錯覺，以爲是脫鉤了，但不久又把線拉緊。魚兒銀白色的身體躍出水面，然後又一頭栽進海裡，隨著魚兒一起一落，一出一沒，水面上翻起一個個渾濁的泡沫。

線扯緊時，像刀子似的割著潘濂的手。他胸口一起一伏，艱難地喘著氣，努力控制自己抽動的肌肉。緊張的心情漸漸變成了鋼鐵般的意志。當魚兒再跳出水面時，他看清那細長的身體不是鯊魚，因此猛然收線，並伸出手去抓。魚兒分叉的大尾巴拍打著，但他還是抓到了靠近尾部的地方，並連魚帶線一起倒在甲板上，一時間，甲板上亂作一團。

那魚在他懷裡瘋狂地掙扎，但潘濂緊緊抱住牠，並摸到刀子，一下插進魚眼的後面，用力地使勁往下割，直到魚頭掉下來滾進井裡，把從板縫間沖進來的海水染成一片紫紅。潘濂卻沒注意到這些事。他像傳說中逆激流而上的魚兒，終於躍過龍門變成了龍。經過這番搏鬥，他已變成一個與死亡進行過多次較量，並取得了勝利的勇士！

第十七章　自給自足的能力

那條無頭魚還在抽搐扭動，但潘濂緊緊抓住牠尾巴，並用膝蓋夾住牠，然後把刀子扎進牠的背部，把牠劈成兩半。血並不多，當一大堆又紅又黃的內臟和一圈圈魚腸流出來時，他摸到裡面黏乎乎、暖烘烘的，魚的心臟甚至還在跳動。

魚皮又厚又韌，很不好切，因此潘濂從裡面往外削，把魚肉一層層切下來，然後再切成條，每條約一英寸厚。他又用大魚鉤在每片魚肉上穿個洞，用痲繩纖維穿起來，吊在兩條角杜間晾曬。

那堆魚內臟比他晾起來的十七片魚肉還重，潘濂知道曬乾後魚肉會收縮，但他並不失望。過去每天要釣五、六十條小魚，現在一天釣兩、三條不算什麼，起碼是可能做到的。

□

要把長度等於他身高一半以上的大魚拉到甲板上，是件非常艱苦而緊張的事，常常把他弄得上氣不接下氣。魚被拖上來後還會拼命掙扎，而潘濂身體虛弱，滿手的傷口又剛剛癒合，因此他不敢斷言最後的勝利者是自己還是魚兒。有一次，那條魚的鱗尖得像刺，他抓不住，最後魚從甲板上溜回海裡了。還有一次，他剛把魚拖出水面，魚肚子就像氣球一樣鼓脹起來，他嚇得連忙把魚丟回去，只見那魚肚皮朝天漂了一會兒，後來便游走了。

最令他喪氣的一次，是他把釣到手並已切下魚頭的魚丟掉了。當時他正在割魚頭，赫然發現有鯊魚游來。本來為了避免招引鯊魚，他已經不在上午往海裡丟垃圾，而改在下午沒有魚兒出沒的時候，那時很少有魚出來搶食，因此當他發現鯊魚魚鰭時（像是警報信號），他震驚極了，那條無頭魚就是這時不小心丟失的。被染成紅色的海水頓時熱鬧起來，那條鯊魚也許就混在其中，但牠沒有久留。不過自從那天，他沒有再發現鯊魚的蛛絲馬跡。

潘濂的釣魚動作一天比一天熟練。原先疲勞和精神萎靡使他頭腦遲鈍，這一切現在都像煙霧般消散了。他發現，抓魚最安全的地方是抓魚頭的後面，或魚尾的前面，此外，用水箱鐵鑰匙使勁擊魚頭可以把魚擊昏，甚至置牠於死地。當他體力恢復後，他有時把大拇指塞進魚嘴裡，將魚的頭部向後一壓，把魚的頸骨壓斷。有時他又把食指和大拇指塞進魚眼裡，然後用刀子扎進魚體內。

他手上的傷漸漸癒合了，並長出厚厚的繭。由於不斷要用腿力保持身體平衡，釣魚時也要用腿力，因此他小腿的肌肉變得非常結實。現在貯物箱裡的魚乾漸漸多了，自從第一顆魚雷擊中貝洛蒙號以來，籠罩著他心頭的恐懼與緊張，這時才開始緩和。

他的生活漸漸變得很有規律。早上是釣魚的最好時刻，因此每天太陽一升起，他便起來，開始安排各種爲了生存而必須做的事情：將帆布墊子攤開來曬；洗臉漱口；準備好魚鉤、魚絲和刀子；捲起曬乾的帆布墊，並把它放進井裡的隔間內，以免把它弄髒。

他要把活兒幹完才吃東西：先釣魚，切魚，把魚片晾在繩子上，然後還要把甲板上的魚血、魚鱗、魚皮和魚內臟等沖洗乾淨，做完這一切所需要的時間有時長些，有時短些。有時他釣上來的大魚身上還附著一條小魚，這便成了他意外的收穫。但有時，他釣到的魚骨頭又多又細，爲了避免日後被這些難發覺的小骨頭哽住喉嚨，他索性把整條魚扔掉。此外，凡身上帶有可疑斑紋，或魚肉油膩膩的，或肉太少的魚，他都不要。

他把不能用來充飢的魚切成塊，作釣餌，但魚一般都不吃。他還發現，用活魚作釣餌時，要經常擺動，或上下拉動魚絲，才能較快引大魚來上鉤。如果他順著水面快速拉動釣餌，讓它像飛魚似的滑過，常常可以把那種藍色大魚引出來，牠們最喜歡追逐飛魚。

他通常都在中午，即太陽升到最高處時才吃東西。如果這一天釣到的魚不足以補充他吃掉的數量，他也不再釣了，而是利用時間做其他工作：洗擦刀子和魚鉤上的鐵鏽和髒物；檢查魚絲，更換磨損或腐爛的部分，然後把它攤開來曬乾；他還要磨刀子和魚鉤。

他儲存魚乾時把它們排得密密實實，盡量不讓它們受潮，但他仍要經常把它們拿出來翻曬，才能避免霉壞。他總是定期把它們拿到甲板上曬。一般來說，他總是選擇下午，即太陽最猛烈的時候儲存新魚乾，因爲這時魚曬得最乾，露水和濺落的水花都在陽光的曝曬下蒸發掉。魚乾只要沾上一點潮就會發霉，而且不僅壞一小塊，而是壞掉一大片。如果天將下雨，或剛下過一場陣雨，他會讓魚乾多曬一天才拿下來。

儘管他非常注意，但仍有一部分魚乾霉掉了。不過現在他儲備的魚乾已很不少，即使一時無法釣魚，或暴風雨使魚群躲到深海去，這些儲備也夠他吃一個星期。由於每天都下雨，他基本上能保持大半水箱的淡水。

兩個箱子都有足夠的儲備，他有能力塡滿它們，這使他感到欣慰，同時也感到自己能控制局面。洗刷得乾乾淨淨的甲板，繩子上曬著的一串串魚乾，還有帆布篷下整整齊齊地掛著的刀子、魚具和舀水器，這一切都顯示出他自給自足的能力，他爲此感到自豪。

他過去一事無成，眼巴巴看著別人取得成就。他們家很窮，過去沒有錢供兩個哥哥在當地的學校讀書，只好把他們送到住在另一個村子的一位親戚家裡，拜這位親戚的兒子爲師，但這僅僅持續了一年。儘管如此，他大哥仍有本事在馬來西亞開一間小鋪，而二哥自學英語，當上了翻譯官。潘濂有幸讀了六年書，卻只混了個侍應生的職務。

但這次他活下來了，在他之前，多少人都未能做到這一點，這事給了他新的信心。他盼望能和自己的父母和未婚妻——他未來的新娘子，分享勝利的喜悅。

二哥娶親時，父親從鄰村請了六個人來幫忙做飯和燒菜。他們擺了二十桌，請了一百六十位客人，席上熱氣騰騰，有雞、鴨、魚、肉，還有撒了一層芝麻的炒麵。

等他結婚時，場面要更熱鬧，更排場，要配得上他這個戰勝大海的人。他絕不吝惜錢財，一定給自己的新娘買最好的綾羅綢緞做嫁妝，還要給她買金、銀首飾，要準備大量酒，幾百個龍鳳餅①和表示好兆頭的果品。他要給全鄉每個村子都送喜柬。承辦宴席的人將要在他家外面蓋個特大型爐灶，還要租好多桌椅板凳，擺在院子裡招待客人。當挑著新娘嫁妝的人走過時，客人們都會以羨慕的目光看著他們抬著沉甸甸的漆箱子走過。

最後，花轎來了，裡面端莊地坐著他的新娘子。他和她將一起跪下來拜天地，拜祖先，然後再給祖母和父母親磕頭、敬酒。在這過程中，他將透過新娘頭飾下鑲滿珠子的面紗窺視她含羞的笑臉，看來她肯定是個美人。隨後，他們將在院子裡，在月老的祝福下盡情享受美酒佳肴，天上數不盡的星斗，和地上成百盞燈籠相互輝映，像他充滿幸福的心情一樣閃爍著光芒。最後在他們的新房裡，他將在新婚之夜悄悄地征服自己的新娘子，正如同他征服大海一樣。

譯註①廣東地方舊風俗，結婚時男家要向女家送點心、禮餅，這種餅稱爲龍鳳餅。

第十八章　第三次月圓

潘濂離開家鄉之前，父親曾對他說過，生活在村裡，就像生活在井底裡的青蛙。他覺得自己現在又掉到井底裡了。

家鄉的農民除了穿衣用的粗布和製造農具的鐵，並不需要從外部世界得到什麼資源。他們種植稻米，不但可以獲得糧食，還能得到燒飯用的稻草，稻草鋪在床板上還可做墊褥。點燈用的油，是用自己種的花生榨的。現在他就像農民一樣自給自足：他自己釣的魚靠太陽就能曬成魚乾，根本不需要燃料；他獨自一人過日子，根本不必考慮穿衣問題。

炎熱的天氣使他聯想起海南島的氣候，那裡氣溫非常高，每年可種兩輪水稻。他常常會想起村子周圍灌滿水的稻田，還有插秧、收割的情況。先是在秧田裡育秧，然後由父親踩著深至膝蓋的爛泥，趕著水牛犁田。插秧時，父親和嫂嫂便彎著腰，把秧苗一排排整齊插到田裡。當稻子結出沉甸甸的稻穗，父親就操起鐮刀收割，還把割下來的稻子捆成束，由母親和嫂嫂把稻穀打進木桶裡。隨後他們還要把稻穀鋪開來曬，並不時用耙翻弄，直到稻穀乾透能入倉爲止。

潘濂沉浸在回憶中，他把周圍的大海幻想成稻田。遠處海平線上閃著銀光的水面，就像灌滿水的田野。木筏近處碧綠色的海水，像剛剛吐穗的稻子；每當金黃色的陽光在海面上跳躍，他眼前彷彿成了收割季節時黃澄澄的稻田。只是他每天從這片「田野」收穫的都是魚。

他像農民一樣靠天吃飯，因此每天都要觀察天空和海洋——他的大地。他已經能在大風來臨之前嗅出風的氣味；只要天空出現一片薄薄的雲彩，而風突然從東北方向朝西北方向颳，他便知道暴風雨即將來臨；每當海水顏色變深，呈現鐵灰色或青褐色，他就會收起魚具，解下正在晾曬的魚，洗刷好帆布篷，準備接雨。不過，他意想不到的事情也是會出現的。

有時天空萬里無雲，海面平靜如鏡，但頃刻間氣候就起變化，他會發現自己突然被一陣狂風惡浪拋起，海水吐著白沫，濺得他全身濕漉漉。有時風會嗚嗚地從帆布篷的繩索間颱過來，把天篷吹得鼓起來，像風帆一樣，木筏便高高地在浪尖上顛簸。這時潘濂只好蹲下來，屏住氣，用力支撐住，而高高翻起的浪尖則從他頭頂上猛潑下來。這場面實在刺激，但也使他很不安，他感到自己彷彿被推到地獄的邊緣。因此當狂風終於停下來，帆布篷不再颳得啪啪亂響時，他總是感到鬆了一口氣。

釣魚也會出現特別情況。有兩次，他釣起一條顏色很淡的大魚，這傢伙十分兇猛，不停竄出水面想掙脫魚鉤。潘濂很怕丟掉魚鉤，但仍繼續與牠搏鬥，直到把牠拖得筋疲力盡，就像過去他與那條鯊魚搏鬥一樣。

那次，他並不是一開始就看出是鯊魚。頭一天他曾看見一對魚鰭，根據判斷，他認定是鯊魚，但當牠們躍出水面時，他發現那不過是幾條鷂魚。在這之前，他曾誤把海豚看成鯊魚，直到牠們跳出水面並噴水，發出吱吱的叫聲時，他才知道自己弄錯了。因此那天，儘管那條在魚絲末端拚命反抗的魚確實像鯊魚，他也沒有理會，心想自己又看錯了。

直到把魚拖上甲板，他才發現自己釣的，是一條身長大約只有一公尺的小鯊魚。小歸小，但殺死一條鯊魚確實增強了他的信心，他覺得自己終於加入了由龍王爺統治的海上世界的行列。

□

生活在木筏上自然比過去在家鄉艱苦，那時食宿都不用他操心，全由父母提供。不過，木筏上沒有人與人關係中各種複雜與討厭的問題，也不存在責任與義務。因此，在他第三次目睹圓月時，他的心情是輕鬆的，他甚至感到愉快和滿足。

他一邊幹活兒，一邊唱他小時候唱過的歌兒，或哼幾段旋律優美的粵曲。他非常用心地處理釣上來的小魚，起完魚肉後，他把魚骨頭繫在魚絲的末端丟進海裡，讓魚啃乾淨魚骨頭上的肉，然後用這些骨頭裝飾木筏，把它們串在繩子上，再把開罐頭盒時留下的一段段鐵皮掛上去，讓木筏在陽光的照耀下閃閃發光。

下午幹完活兒之後，他常常喜歡躺在甲板上，欣賞這些魚骨頭和小鐵皮在微風中擺動的樣子；或者凝視天空，望著朵朵浮雲改變形狀，直到每一片雲似乎都成了神話中的形象：也許是一隻毛髮光潤的獅子，瞪著一雙突出的大眼睛，搖著蓬鬆的耳朵和大尾巴，一會兒跑，一會兒跳，一會兒在地上打滾，或抓癢、玩球；也許是一條龍，或很多很多龍在夜空中翻騰、盤旋，但當天后命令牠們退場時，一股突起的陣風便會把天庭打掃得乾乾淨淨，只在夜空中留下由無數星星組成的天河，牛郎星和織女星就在天河的兩岸遙遙相望。

那織女原是天帝的第七個孫女，在為天上諸神織雲錦、做衣裳。牛郎原是個普通農民，就像他潘濂一樣，是他那頭神牛幫了他的忙，告訴他變成神仙的秘訣。「織女經常到凡間，就在附近的河上洗澡。下次她下凡，你想辦法藏起她的衣裳，要她答應做你的妻子才還給她。」神牛說道。

牛郎按照牛的話去做，織女果然答應嫁給他，他們在一起幸福地生活了三個年頭。後來天上諸神用完了做衣服的雲錦，天帝大怒，命令織女返回天庭織布。

神牛見牛郎十分傷心，非常可憐他，便說：「殺了我吧，用我的皮做成神毯，飛去見你的娘子吧！」

牛郎又照牠的話去做，但就在他即將與織女團聚時，織女的母親取下頭上的插花，憤怒地繪了一條天河，這便是永遠把牛郎與織女分割開來的這條銀河。

他們彼此相望，卻無法會合。每年只有一個晚上，世上的喜鵲都會飛來為他們搭橋，只有這時織女才能跨過天河與自己的夫君相會。

潘濂仰望滿天繁星在閃爍，像家鄉田野上的螢火蟲，心中想著自己和未婚妻被大海分隔在兩方。他輕鬆的心情頓時罩上一層寂寞，於是他幻想世上所有的飛魚都來聚會，並搭成一座橋，使他的未婚妻能來到他身邊。他將不會讓她再離開自己的。

□

月亮很快又要變成滿月了，月光是那樣皎潔，潘濂趴在甲板上，覺得自己彷彿漂浮在一個奇異的天湖上。透過帆布篷的斜面，他看見一條飛魚的影子掠過水面，飛得那樣高，姿態那樣優美，是他從未見過的。他在朦朧的半睡眠狀態中懶洋洋尋思，不知自己看到的是否是一隻鳥。也許是一隻喜鵲吧，是飛來爲他和他未婚妻搭橋的第一隻喜鵲吧。

突然傳來一聲清澈而令人揪心的啼鳴，接著是翅膀的擊拍聲。他一下被驚醒了。這不是夢，而是一隻眞鳥啊！他生怕自己輕輕一動就會嚇跑那鳥，因此像凝住了一般，一動不動看著牠漸漸飛近，在離木筏約三公尺的地方盤旋，然後突然頭朝下向海面俯衝。牠那長長的尾巴和向後背的翅膀，看上去就像一支向下墜落的長矛。當牠終於從視線中消失後，潘濂心中感到一陣莫名其妙的痛苦。

他小心翼翼爬起來，向前移動了幾步，這時又聽到傳來一聲有力而尖刺的鳥叫和一陣翅膀的撃拍聲。他跪著抓住角柱，穩住自己的身體，然後從帆布篷的側面望過去。那鳥恰好在他頭頂上盤旋，它白色的翅膀又尖又長，尾部的羽毛在月光下彷彿透明的一般。

一時間潘濂不知自己是醒著還是在做夢，不知那鳥是否神話中能把海水吸乾的神鳥。然而，木筏周圍的海水閃著亮光，並沒有消失；而當那鳥落在潘濂扶著的角柱上時，他清晰地看見鳥兒有兩隻小小的爪子，傳說中的神鳥卻是一隻獨腳鳥啊！

那鳥在角柱上停留了一會兒，似乎猶豫不決，不知該飛走或留下。但不久，隨著一聲刺耳的鳴叫，牠起飛了，牠的翅膀拍得那樣穩健、堅決。牠那極尖的叫聲和又尖又長的翅膀，使潘濂聯想到海鷗。但牠飛翔的樣子又不像海鷗，海鷗飛得輕鬆、從容，這隻卻匆匆忙忙，滑翔的時間短促。牠的身體也比海鷗短，大概只有鴿子那麼大。不過，也許牠飛離木筏時太快，距離漸遠，因此顯得小。

鳥兒白色的羽毛像鬼魂一樣，閃了幾下便消失在夜空中。但牠在角柱下面留下的綠色糞便分明證明牠是眞鳥，潘濂心頭上湧起一陣激情，因爲有鳥便意味著有樹、有山、有石、有泥土。陸地已經不遠了。

第十九章　日子千篇一律

潘濂在船上當侍應生時，總是盼望快些到岸，因爲船上生活單調乏味，工作十分辛苦。在到岸前那些漫長的日日夜夜中，他只能不耐煩地躺在鋪位上消磨時光，菸一支接一支抽，數著鐘點過日子，直到他雙腳再次踏上陸地。每當輪船駛近目的地，海岸已進入視線時，只要能離開崗位一會兒，他都要跑到甲板上，以急切的心情看著輪船緩緩駛進港口。一上岸，他便在碼頭的泥地或柏油路上蹭蹭鞋底，然後步行到市區，一路上瀏覽商店五顏六色的櫥窗和攤檔，品嚐新鮮食物，去看場電影，有時也找個姑娘作作伴。

現在的日子天天都千篇一律，但隨時可能出現意料不到的情況，因此並不顯得單調。他喜歡那種有規律的生活節奏。老天爺對他很仁慈，總是向他展現笑臉，給他足夠的雨水和魚，沒有出現過可怕的狂風暴雨，因此他最初感受過的那種巨大恐懼現在消失了，有時他甚至覺得，自己並非一定要離開木筏，那心情就像當年並非一定要離開家鄉一樣。

他依然記得父親當年怎樣彎著被太陽曬得黝黑的背在地裡勞動；他手上的掌紋怎樣滲著泥土，不管多麼用力擦洗也洗不掉。潘濂現在也一樣，身上每條細紋都滲著鹽花，就像農民是土地的一部分一樣，他覺得自己就是大海的一部分。但看到那隻鳥之後，他怎麼也壓抑不住自己期待的心情，彷彿一個孩子盼望節日。無論釣魚、切魚或曬魚乾，他都以期待的目光眯起眼睛，掃視海面和天空。

但一個上午過去了，鳥影子都不見一個。潘濂回憶起那一群群跟在輪船後面，搶吃廚師丟到海裡垃圾的海鷗。他已經記不清楚那些鳥是被垃圾引來的，還是輪船駛近陸地時才出現的。但他突然意識到，他見到的那隻鳥，很可能是從某艘船的欄杆上飛來的，而不是陸地的來客。他不禁想起那艘對他見死不救轉頭開走的大船，頓時生起一股懷恨情緒，他喉嚨裡像嚐到膽汁一樣苦苦的，這一天的愉快心情完全被破壞了。

黃昏降臨，很快又變成了黑夜。潘濂被那隻鳥引起的回憶撩得心緒不寧，無法入睡。他蹲在甲板上，咬著嘴唇，用手揪著自己亂蓬蓬的鬍子和頭髮。

他一邊吃晚餐，一邊琢磨自己煩躁不安的原因。是因爲那隻鳥，是因爲有可能出現陸地；還是因爲回憶起那條見死不救的船，或因其他別的事情呢？他愈想心情愈壞。

記得小時候有一次，他想採含羞草，因爲那些綠色的小葉子非常美麗、可愛，他很想採些帶回家去。但他每碰一下，葉子便緊緊合起來，變得很難看。他變換方法，想一把抓下來，又想悄悄接近它們，但都不行，葉子總是一碰就閉起來，只有當他走遠後才慢慢打開來。他只好認輸不睬了。現在對自己的思想，他也只好這樣，想不通就索性不想，希望這樣，能回復自己在鳥兒飛來之前那種平靜的心情。

他把睡覺用的帆布墊鋪好，鑽到裡面躺下來，開始做起他最喜歡的美夢：他勝利凱旋，回到家裡，回到未婚妻的身邊；擺喜酒，然後抽菸，還有新婚之夜……

一群跳躍的魚兒趕跑了他的美夢，他翻過來，側身用肘子撐起身體。緩緩升起的明月灑下一片白光，星星漸漸在撤離。他撐著身體的手臂麻木了，於是爬起來揉揉臂膀。這時他注意到，幾公尺外突然閃過一個白色的影子。是一隻鳥。若不是牠那長長的、彩帶似的尾巴在飛舞，這鳥在銀色的水面上幾乎看不清楚，牠一身白色的羽毛，像隻脫了色的長翼鴿子或斑鳩。潘濂看著牠低掠過海面，像水上飛機似的滑行；或者抬著頭，翹起尾巴在水上跳躍。他意識到這種鳥可能根本不需要陸地，也不需要落在輪船的欄杆上。他很想知道牠在附近飛了多久，是新飛來的，還是昨晚的那一隻一直在附近漂浮。

鳥兒時而滑翔，時而轉彎，牠用尾巴的長羽毛當舵，使身體能改變方向而翅膀仍保持不動。牠有時利用風勢升到高空，然後不慌不忙展翅俯衝，那樣子很像騎自行車的人滑下山坡，然後利用慣性再爬到另一個坡峰上。牠翅膀稍稍一翹起，身體便會朝高處飛，而只要輕快、有節奏地搧幾下，身體就會停留在原處；牠似乎永遠不疲倦，可以一直飛翔。但終於，牠像雜技演員表演完畢時一樣，傾斜身體，拍拍翅膀，尖叫一聲，然後消失在黑夜中。潘灤感到一種莫名的安慰。

第二天下午接近黃昏時，下了一場陣雨。從雲層的厚度和陽光的強度來看，潘灤知道這場雨不會長。水箱裡還存有大半箱水，因此他決定不存水了，而要利用這場雨好好洗個澡。他剛洗掉身上一層鹽，雨便停了。他懷著愉快、輕鬆的心情坐下來吃晚餐，但幾乎不敢承認自己是這種心情。鳥兒並沒有使他失望。

那天晚上，月亮剛升起，鳥又飛來了，而且更多的鳥兒跟著一起飛來了。一時之間，潘濂似乎覺得自己成了個養鴨人。他在家鄉的河裡釣魚時，曾見過一整船鴨子從河上駛過，養鴨人一邊划槳，一邊用目光尋找河岸上適合他放鴨子的地方。如果找到適宜的地點，他便讓船靠岸，把鴨子趕下船，放養一、兩天，然後再把牠們趕回船上運走。

潘濂這群「鴨子」並不像那些鴨子那麼聽話，但連續三個晚上牠們都飛來了，而且從一隻增加到六隻，而他第一晚見過的那隻每次都在其中。從牠潔白的羽毛和長長的尾巴，潘濂便可認出牠來。其他幾隻顏色較深，只有腹部呈白色，而且尾巴很短，圓圓的；牠們飛翔的姿勢也不同，翅膀猛擊幾下才滑翔，低低貼著水面飛行，翅膀硬挺挺的。

這些鳥身體顯得重些，但也是技藝高超的空中雜技演員。牠們會筆直朝上飛，然後往水面俯衝，連細長的翅膀似乎都不用動一下。不過牠們從不靠近木筏。那隻白鳥卻喜歡來，牠像個頑皮的孩子，從角柱上跳到曬魚乾的繩子上，從來在一個地方都待不長，牠還用嘴巴啄魚肉，然後飛到水裡，不久又飛回來落在水箱上，但頃刻間又跳到一根角柱上，而且不停地從一根跳到另一根上面。潘濂很喜歡看牠嬉戲的動作。這些鳥在天亮前便消失在某個神秘的地方，但牠們在夜間的出現，擴大了他的天地，給他在木筏上的生活增添了新的樂趣。

在月亮從殘缺變成圓月的那幾個夜晚，鳥兒成了潘濂夜間生活的一部分，如同釣魚是他日間的主要生活內容。因此，當牠們突然隨著月亮的消失而飛走時，他毫無準備。牠們很可能還在海上飛翔，曾有一兩次，他似乎聽到較大的那種鳥在擊翅膀的聲音，還有隱約的呼嘯聲，很像是鳥兒從頭頂上飛過。但新月灑下的光太微弱，他很難看清帆布篷以外的東西，於是他感到心中一片空虛，彷彿被人遺棄。

根據他分析，鳥兒如果從陸地或輪船上飛來，他是應當看到某種跡象的，但他什麼也沒看見，因此他把兩種可能性都拋到腦後了。但他還是尋找著那些鳥。在新月升起後的第二個晚上，他感到空中傳來翅膀的呼呼聲，隨後又聽到幾下沉重的鼓翼聲，還有繩子上串著的魚乾、魚骨頭和小金屬片相互碰撞的聲音；一件白色的東西在他眼前閃了一下。

他激動萬分，連想都不想就跳起來，把一只空罐頭盒踢翻了。一聲尖尖的驚叫馬上從他頭頂上響起，壓過了空罐頭盒乒乒乓乓的響聲，那個白點子一瞬間便消失在他肉眼無法追踪的黑暗中。然而，那聲驚叫，以及緩緩飄落下來的幾片白羽毛都分明展示，那隻白羽毛、長尾巴的大鳥又回來了。

這次他並沒有看見那幾隻顏色較深的鳥，後來幾個晚上也沒有發現。但那隻白鳥在黑夜的掩護下變得更大膽了。開始，牠只是戰戰兢兢站在角柱上或繩子上，後來便悠閒地坐在那裡歇息，像一隻雞在自己的雞窩裡似的。有時牠還跳到甲板的邊上，離潘濂的腳很近，如果他保持一動不動，那鳥甚至還從蓋在他腳上的帆布上面走過去。有一次，潘濂正倚著角柱靜靜坐著，那鳥竟落在他的肩膀上，然後又跳到他的大腿上，站了一會兒才飛走，牠的神態是那樣傲慢，甚至帶點挑釁，彷彿在向潘濂挑戰，看他敢不敢抓牠。

那天晚上，潘濂夢見自己心愛的單眼小雞，牠變成像那隻鳥一樣，長著一身雪白的羽毛，而且和他一起在木筏上，白天牠在甲板上，在陽光下跳來跳去，或飛到帆布篷上面；他晾曬魚乾時，「單眼」輕啄他的手指；他洗澡時，牠也用嘴整理自己的羽毛；晚上牠藏在主人的臂彎裡睡覺，他們倆的脈搏合而爲一；早上起來，「單眼」身下有個剛下的蛋，潘濂用魚鉤刺破蛋殼，使勁吸出黏稠的蛋白和蛋黃，品嘗它們鮮美的味道，讓它們滑溜溜流進自己的喉嚨裡。

□

在他當海員那些日子裡，貝洛蒙號離開港口一周後，新鮮食物便吃光，船上的伙食變得十分單調，這也是潘濂盼望船早日靠岸的一個理由。當然他在家裡時，每天不是吃芋頭便是吃蕃薯和白粥，食物也沒有更多的花樣。但他總有個盼望，希望逢年過節可以吃得好一些。平日有時也可嚐到醃蘿蔔，鹹蝦醬，甚至黏黏的花生糖。但現在，已經幾乎兩個月了，除了魚他什麼也吃不到。

有幾次，他想改變一下單調的食物，便試驗各種新的吃法。例如當他發現大魚肚子裡藏著小魚時，他決定不把小魚曬成乾，而是生吃。由於小魚在大魚肚裡已稍稍經過消化，因此吃起來有點像煮過的樣子，味道不錯。另一次，他釣到一條綠色的、牙齒向外凸起的魚，模樣有些似鸚鵡，他把牠切開曬乾，吃時眞覺得有點鴿子的味道。但幾小時之後，他嘴裡嘴外，甚至喉嚨裡都開始感到異樣，全身發冷、無力。他很怕那魚有毒，連忙把手指塞到喉嚨裡強迫自己嘔吐，直到把肚裡的東西完全吐空。

後來他好幾次在大魚肚子裡發現小魚，但他不敢再吃了，而且每次釣到牙齒外凸或背部有刺，或一碰肚子便像汽球似膨脹起來的魚，他都馬上丟回水裡，只要樣子可疑就不要。他再也不敢做試驗了，只好天天吃魚乾，喝淡水。吃東西，漸漸成爲他的一大難事。

如果他能把鳥抓到手，讓牠生蛋，食品的花樣就會增加。也許吧！那鳥也許會像「單眼」一樣，但也可能它是雄的呢！也說不定牠是那種只在某個季節，或只在陸地上才下蛋的鳥。不管怎樣，試一試總是値得的。

第二十章　養鳥

潘濂在香港的華南技工學校讀書時，有位教員喜歡用蟬來餵鳥，爲了討老師歡喜，學生們都去替他捉蟬。經過一段時間，學生們發現蟬是鑽到泥土裡下蛋的，當蛋變成沒有翅翼的蛹時，就會從土裡爬出來，在夜幕的掩護下爬到附近的樹上。有時牠們在黑夜裡蛻皮，展示出一雙翅膀，雄蟬爲了誘引雌蟬便開始吱吱地唱起來。學生們聽到蟬鳴就找來長長的竹杆，並在竹杆的頂端吊個小盒子，盒裡再放上一團黏膠。他們把竹杆舉到蟬聲最多的樹上，那些掉進盒裡的蟬被膠粘住，有翅膀也難飛走了。

潘濂現在正琢磨怎樣才能捉到那隻鳥。牠太大，用盒子不行；只能用雙手來抓，或用繩子來套。他做魚絲用的救生續還剩下些纖維，於是他割下一段搓成兩根細繩，再做成可以拉緊的繩套，只要鳥腳踏在裡面，他就拉緊，這樣既可抓到牠又不致傷害牠。

黃昏降臨了，他把繩套擺在甲板上離自己不遠的地方，然後坐下來等待時機。那鳥降落在甲板上時，往往要向前衝幾步，像個孩子跑下山坡時停不住腳。他或許可以利用這種時機捉住牠，但也許等牠收緊翅膀再動手會安全些。另一個時機，是在牠用嘴整理羽毛時，在這種時候，牠的頭在柔軟的長頸上扭來扭去，想用嘴碰自己的尾巴；牠在蓬鬆的羽毛裡翻轉，清洗著，梳理著，神情是那樣專心。

潘濂剛才忙著做繩套，連晚餐都沒有吃。他並不餓，但坐著什麼都不幹，心情更緊張，因此他拿起一塊魚乾來啃，但還沒吃完，就看到一雙白色的翅膀像飛蛾似的在昏暗的水面上飛過。他把手中的魚乾一下丟在大腿上，小心翼翼地摸到身邊甲板上的繩套。一想到鳥兒會下蛋給他吃，他口水都流出來了。

那鳥降落在甲板上，離他的腳不遠，濺落的水花順著他的腳板流到腳跟，好像輕輕在搔他癢。他恨不得伸手去抓兩下，但還是捏緊拳頭控制住自己的欲望。他小腿的肌肉動了一下，那塊吃了一半的魚乾從大腿上滑到甲板上。鳥被驚動了，呼地一下飛到他頭頂上晾著魚乾的繩子上。

這突然的舉動嚇了潘濂一跳，他原以爲鳥兒對他本人和木筏都已非常熟悉，不會這麼容易受驚。但他也感到慶幸：因爲這是一種警告，如果不能一次把鳥抓到手，就不會有第二次機會的。

他頭頂上傳來嘎嘎的啄食聲。潘濂很費勁才從黑暗中看出鳥兒正在啄魚骨頭，正如當年老師的鳥啄食放在鳥籠邊上的骨頭一樣。他慢慢收起腳，一寸一寸移動身體，使自己蹲下來，把繩套轉到左手，以便空出右手準備抓鳥。

鳥兒突然嗖地一下飛到貯物箱上，然後又跳到井裡，再甩動長尾巴跳到另一邊的甲板上。是他自己心理作用，還是鳥兒眞的感覺到潘濂心情激動，因此煩躁不安呢？難道牠眞的意識到自己有危險嗎？

潘濂緊張得連肌肉都繃緊了，他已感到右腳開始抽筋，但連動都不敢動一下。鳥兒又跳回潘濂的甲板上，發現他剛才吃過的那塊魚乾，並開始用嘴去啄。鳥兒的背部正斜對著潘濂，他一邊盯住那鳥，一邊慢慢伸出右手，他和鳥大約只相距四十公分。他一把抓過去。抓到一條腿！兩條都抓到了！

鳥兒拼命搧動兩翼，潘濂丟掉手中的繩子，想徒手抓住牠的翅膀。由於蹲的時間太長，他的雙腿麻木了，身體站不穩，向前倒去，但他本能地舉起雙手，身體滾到一邊，以防砸死那鳥。鳥卻像發瘋似的擺動頭部，用嘴猛啄潘濂的手和甲板，甚至亂啄空氣和牠自己，同時發出一聲聲刺破夜空的驚叫。羽毛在四處飛舞。潘濂放開一隻手來尋找剛才丟下的繩子。鳥兒又猛烈搧翅，還用腳掙扎。他一手抓鳥腳，一手壓住鳥翅膀，狠命地捏住自己的獵獲物。他又咒罵著跳到井裡，這樣他才更能用眼睛搜尋甲板上的繩子。甲板上的羽毛和鳥糞白花花的，像一團團骯髒的雪花。他緊緊抓著鳥兒，並湊到近處尋找，鳥用嘴啄他，用爪子抓他，他緊握著的雙手沾滿了黏糊糊的鮮血。

他終於找到一條繩子，於是抓過來在鳥的翅膀、腳和頭上亂纏。鳥兒被捆住，無可奈何地發出尖叫，表示憤怒，過了好一陣子，還能聽到牠掙扎時撞在甲板上的咚咚聲。但漸漸地牠靜下來了，只聽到潘濂吁吁的喘氣聲和海水擊拍木筏的啪啪聲。

他把身體探到甲板外面，將水澆到自己的手臂、臉和胸膛上，鹹澀的海水刺得他傷口生疼。他為什麼要如此拼命抓這隻鳥呢？他不禁自問。難道想吃蛋，想改變單調的食物，對他就這麼重要嗎？還是說他要抓住這隻鳥來證明自己的能力？

他伸手想把鳥拿起來，但鳥兒尖叫著扭動身體，不讓他碰，並用嘴啄他。潘濂把手抽回來，但並沒有死心。在學校讀書時，他見過老師馴服比這更兇猛的鳥，老師先教牠們從主人的手裡啄食，然後在牠們的頸上套一個帶鏈的頸圈。

老師甚至還教他的鳥用嘴接住拋起來的食物，還教牠用嘴叼小紙旗。當時，學校對面住了一戶養鴿子的人家，他們訓練鴿子白天飛出去，晚上飛回家。既然人家能把鳥馴服，他爲什麼做不到呢？最大的問題是：這鳥會下蛋嗎？

他在朦朧的月光下摸索著，又編了兩條用來綁鳥兒的纖維繩。但解不開鳥身上的繩子，他突然回想起母親教他的一個竅門：用一隻手按住鳥兒，另一隻手在鳥的眼睛前面不停地劃圓圈，催牠入睡。鳥兒進入催眠狀態後，他解開牠身上的繩子，把新做的繩套套住牠的雙腳，然後把繩子繫在帆布篷下的角柱上。

鳥兒一醒來便搧動翅膀準備起飛，但繩子把牠拽回來，牠跌在甲板上，莫名其妙。牠又試了幾下，但都飛不起來，於是氣憤地大叫，並用嘴啄那條捆牠的繩子，翅膀瘋狂地搧著。繩子亂了，繞成一團，愈拉愈緊，鳥兒腳上的皮磨破了。潘濂用空罐頭盒盛了一點淡水，又拿了些魚乾推到鳥兒跟前，但牠瘋狂地亂蹬，水打翻了，罐頭盒也掉到海裡去了。

經過一夜掙扎，鳥兒終於筋疲力竭。第二天黎明，當潘濂再拿魚乾餵牠時，牠不再叫，也不再亂蹬了，但依然不肯吃。雖然如此，潘濂仍受到鼓舞，因此輕輕哄牠，同時慢慢移到井的另一邊企圖靠近牠。但當他伸出手想摸摸鳥頭時，牠立即後退，並驚叫起來。過去「單眼」是最喜歡人家摸牠的頭的。

這是他第一次在大白天從近處觀察這隻鳥，他發現牠白色的羽毛帶點粉紅色，嘴巴呈黃綠色，臉上是藍黑色，而腳則是深灰色。這一天牠仍然不肯吃東西，第二天也一樣。潘濂開始懷疑，牠是不是天神派來送信的五色鳥，否則牠怎麼可以不吃東西呢！

這種可能性倒使他緊張起來，因為戲弄神是沒有好下場的。但也許這鳥是神贈給他的禮物，以表彰他戰勝大海的功績呢？不，牠是人間的產物，不屬於什麼神！他不是在月圓時親眼見過牠俯衝下來捉魚吃嗎？還有，他昨天早上從甲板上清洗的鳥糞，也是貨眞價實的鳥糞啊！只要有耐心，他最終一定會贏得這鳥兒的信任的。到那時牠就會吃東西。但他一定要耐心等待。

到第三天下午，鳥兒讓潘濂撫摸了，也喝他遞過來的水了。但潘濂並沒有感到勝利的喜悅，因為自從鳥兒停止掙扎以來，牠一直都沒有動過，像孵小雞的母雞那樣一動不動，當然牠沒有母雞明確的動機和自豪的神情。但牠依然不吃魚，不管是生的或曬乾的，或潘濂給牠嚼爛的，還是剛剛釣上來引誘牠的鮮魚，牠全都不吃。由於不吃東西，也不整理羽毛，牠毛上的光澤漸漸不見了，原來黑珠子似的眼睛也變得毫無生氣。

潘濂撫摸著鳥兒的頭，想起自己小時候捉蜻蜓和蝴蝶的事。他把捉來的蜻蜓和蝴蝶放進一個鋪滿青草和鮮花的籃子裡，但牠們最多只能活一兩天。

父親看到他想把蜻蜓趕進籠子裡，罵了他一頓。「你就像捉海鷗的古人一樣愚蠢。」父親罵道，並給他講了一個故事：

「從前有隻海鷗飛進城裡，被一位貴人看見了。他把海鷗迎進廟堂裡，命令人們給牠獻上祭品，還鳴鼓奏樂，對牠隆重接待。但海鷗不吃不喝，對周圍發生的一切莫名其妙，三天後便死去了。這是因爲貴人以自己之心去揣度海鷗之心，以爲牠也希罕這種款待，根本不想想海鷗的實際需要。」

潘濂並沒有聽父親的話，雖然捉來的蜻蜓和蝴蝶總是養不活，他還是捉，其中有一隻活了差不多一個星期。華南技校的老師說，他養的鳥起碼能活五年以上。他爲什麼能養那麼久呢？是因爲每天早晨學生們都幫他提著鳥籠去散步嗎？

老師曾告訴他們：「要迎著風用手臂舉起籠子，讓牠們好像立在枝頭上一樣；走路時要擺動籠子，鳥兒爲了保持身體平衡就必須活動肌肉，要想讓牠們歌聲清脆就必須這樣做。」

潘濂現在覺得，帶著鳥籠去散步可能還有另外一個作用，即給鳥造成一種自由飛翔的幻覺。也許可以用類似辦法對付這隻鳥呢？他無法做鳥籠，也沒有辦法帶牠去散步，但可以剪掉牠翅膀的羽毛，令牠不能飛遠，這樣就可以解掉綁牠的繩子。

要用那把鐵皮刀子剪翅膀當然很困難，但他可以先催牠入睡，然後再動手。等鳥兒醒來，發現腳上磨牠的繩子不見了，一定會認爲已獲得自由。誠然，牠一旦發覺自己失去飛翔能力，一定十分難過，但牠很快會習慣的。他自己不正是這樣習慣過來的嗎？

也許是吧。但這是因爲他想活下去，鳥兒可能沒有這種願望。如果不放掉牠，牠肯定會死的，而且是死在他潘濂的手裡。

潘濂慢慢地、深感遺憾地鬆開鳥兒腳上的繩套，把鳥放掉。但牠太虛弱，只向前蹣跚了幾步；由於顧慮重重，牠仍不吃東西，甚至當潘濂退到遠處的角落裡，牠還是不吃。但當夜幕降臨，潘濂躺進帆布墊裡之後，終於聽到清晰而有節奏的啄食聲，還有戲水的嘩嘩聲和整理羽毛的沉悶聲音。

第二天早上，他發現鳥兒在離木筏不遠的水面上歇息。他不願以任何形式驚動牠，因此一個上午都沒有釣魚。到了下午，那鳥依然沒有飛走，潘濂心中湧起一陣喜悅，也生起一線希望⋯也許鳥兒會留下來吧！然而，就在黑夜到來的前夕，牠終於飛走了。牠剛起飛時顯得疲倦無力，但隨著翅膀的每一下運動，鳥兒的身影變得漸漸小了，很快就成了灰色地平線上一個淡淡的影子，最後只成了他腦子裡的一絲回憶。

第二十一章　一顆流星

那天夜裡，一顆掃帚星劃過天際，這是天公預告災難的徵兆。潘濂翻來覆去無法入睡，想讓自己相信剛才看到的不是流星，而是一隻飛鳥，他那隻鳥，牠爲了捉魚正在向漆黑的大海俯衝。但第二天早晨，當他打開水箱和貯物箱時，他看到的情形卻難以讓他樂觀：舀水器已刮著水箱底；貯物箱裡散發出一股無法否認的霉味。

幾天以來，他把全部精力都集中到那隻鳥身上，設法馴服牠，因此其他事情都忽略了。其間下過兩次驟雨，但他沒有儲水，因爲怕驚動鳥兒，同時認爲水箱裡還存有足夠的淡水。他甚至連水箱都不打開，而是直接飲用帆布上盛接的雨水。他只顧爲鳥兒釣魚，沒有費心去曬魚乾；肚子餓了就從繩子上取下一片來充飢。現在晾在繩子上的魚吃光了，保存在貯物箱裡的魚乾因爲沒及時拿出來翻曬，也發霉了。他心裡懊悔極了，只好挑出幾塊還能吃的放在甲板上曬，同時馬上著手釣魚。

然而，他釣魚的運氣似乎也和鳥兒一起飛跑了，儘管花的時間比過去多，但釣到的魚比過去少，也沒過去的大。炎熱、潮濕的天氣一直使他很難受，現在簡直連氣都喘不過來了，空氣中的濕度大得使魚肉還來不及曬就爛掉。但天幾乎不下雨。每次他看到烏雲朝他這邊移動，便立即用海水沖掉凝結在帆布篷上的鹽塊，準備接雨水。但烏雲很少飄到近處，或者有時木筏兩邊都在下雨，唯獨對著木筏的那片天空卻一碧如洗，滴雨不下。

潘濂給魚開膛的技術還不太熟練時，常常會失手弄斷魚骨，那時他就注意到有一種液體從魚的脊柱裡流出來。現在爲了節約淡水，他用刀或牙齒把魚脊椎骨破開，用嘴吸出裡面的液體。他還發現，吸乾水份後的骨頭如果放進嘴裡嚼，可以增加唾液。他還做魚汁來喝：最初是把剛釣上來的鮮魚切成小塊，用過去裹瓶子那塊麻布包起來用力擰，把擠出來的汁液用空罐頭盒盛起來。出乎他意料的是，這種汁液味道十分鮮美，有點像蛤肉的味兒。不過又切又擠的辦法很費勁，要消耗他許多寶貴的體力。但他不願用更直接的辦法去獲取魚汁，因爲吃生魚肉的經驗他還記憶猶新。可是那塊小小的麻布已爛得再也不能用，他被迫只好把生魚肉放進嘴裡嚼，心裡卻想著自己是在咬甘蔗，一直嚼到那塊魚肉一點水份都沒有爲止。最後他把乾魚肉也吞掉，因爲不願浪費自己辛辛苦苦釣來的魚。

不久，他感到肚子痛，好像要瀉肚子似的。他開始懷疑自己因吃了生魚而長寄生蟲。但他在自己的糞便裡沒找到蟲子。他還發現，吃生魚比吃魚乾能抵渴；各類魚味道不同，肉中所含的水份也不同。他極需要增加水份，也非常希望增加食物的花樣，因此開始吃魚的內臟。

魚脊骨下面的腎臟相當可口，而只被一層薄膜隔開來的肝臟和心臟也很好吃。他有時還吃魚內臟裡一堆軟軟的、紅紅的東西，但他認不出那是什麼器官。另一天晚上，一群胡瓜魚游到木筏下面，數量多得他一伸手便可撈起一把，他整條把牠們吞進肚裡。不過有些東西他始終不願吃，例如樣子可怕的魚舌頭，黑乎乎、灰濛濛的魚腸和管囊等。

現在一條魚的大部分他都吃掉，眞正扔掉的東西並不多。但要把魚乾的儲備量恢復到蒙受損失之前的程度，似乎很困難。水箱和食物箱都塡不滿，天公又預告災難的來臨，他被攪得心緒不安。他只能靠自己一個人的勞動來補充一切，這種壓力及每天千篇一律的枯燥生活，都漸漸沖掉了他對自給自足生活所感到的那點樂趣。他變得非常煩躁，爲了一點小事就發火，例如纖維繩磨損了需要修補，自己絆了一跤，或浪費了一點釣餌等，都會使他陷入極度的消沉。

他本想用每天減少食物定量的辦法來增加儲備，但少吃就沒有力氣幹活兒，而每天要做的事情是很多的。即使按定量吃足，他也一天天在消瘦下去。晚上睡覺用的那塊帆布再也不能發揮墊子的作用，他皮包骨的身體碰在甲板上，疼極了。

潘濂眼睜睜躺著，企圖否認鳥兒飛走後心裡所感到的空虛，以及那種沉悶的、無所不在的寂寞感。其實他從來都是個孤僻、寂寞的人，不是嗎？

在家鄉時，他寧願獨自一人去爬山、放風箏、或靜靜躲進蘆葦和樹叢裡釣魚，不願和其他孩子們一起去捉青蛙、打球、踢毽、摔跤、賽跑或聽故事。後來在船上當海員時也是一樣，不管人家玩紙牌，爭論工作和戰爭問題，思念家人，或是談論到下一個港口找女人消遣的事，他都不參加。大部分工餘時間他都倚在船尾的欄杆旁，一邊抽菸，一邊凝視船後面的波濤，在獨處中尋得安寧。

當然在家鄉不同於在別處，不管走到那裡，都可看到皮膚曬得黝黑的農民在田裡耕作；聞到從爐灶中飄出的炊煙；聽到婦女們吱吱喳喳的說話聲，在石頭上拍打濕衣服的聲音，學生們琅琅的背書聲，以及孩子們觀看鬥蟋蟀時的歡呼聲。他所見所聞的一切，都是一個溫暖、安全、牢靠整體的一環。即使在船上，他也生活在工友們的說笑聲中，聞到他們刺鼻的菸味，擺不脫那牢固的、無需言傳的家族與鄉親關係，不管他願意與否，他都是他們當中的一員。

潘濂深深嘆了口氣。那時他一個人獨處的情況，怎能和現在這種老天強加的孤獨相比呢？過去自己難得有幾小時的清靜，因此格外珍惜。但現在，三個多月過去了，除了自己的聲音，他什麼人的聲音都聽不到，除了自己的身體，他誰都觸不到。

然而，在鳥兒飛來之前，他是感到滿足的。他留戀被鳥兒破壞了的寧靜生活，真恨不得拔掉他放跑的那隻鳥的羽毛，取出牠的內臟，撒上鹽，再用廚房的切菜刀敲扁牠的胸骨，把牠掛在太陽下曬，曬到它水份全乾，縮成一隻臘鴨似的、美味可口的野味；也可以把牠放到火裡烤，烤成棕黃色，皮又酥又脆；鳥兒的一雙腳可以單獨用蒜頭、辣椒、豆豉來燒，燒到牠香氣撲鼻，吃起來嘎吱嘎吱響；也可以把牠當成禾花雀，連皮帶骨頭都吃掉。

潘濂想得口水直流，胃液也在肚子裡翻。他很不自在地移動了一下身體。就在這時，他彷彿覺得有一群鳥從木筏旁邊飛過，他趕到甲板邊上，蹲下來仔細看，卻發現原來是一群飛魚。他氣惱地又倒回帆布墊上，眞不知自己爲什麼會如此愚蠢。飛魚不過是模仿鳥飛翔的動作，牠不是鳥類，不會飛上天空，就如同他不屬於魚類，不會到水中世界去一樣。

他不平靜的心情使他無法靜躺，他心煩地摸摸墊子，扯扯自己的鬍鬚和亂蓬蓬的頭髮，眞希望自己混亂的思緒也能這樣拉直。終於他疲倦地睡著了，但即使在睡眠中——他唯一的解脫——孩提時代的幻覺又在夢中騷擾他。

小時候，他曾幻想自己是萬能猴王孫悟空，能征服鬼怪，能逃出重圍，能經受爐火的熔煉；只要吹一口氣就能帶著伙伴騰雲駕霧，在雲彩中翻跟斗，在星星間捉迷藏；尾巴一甩就能呼風喚雨；腳一動就能使滿天雪花飛舞；把天宮變成一幅五彩繽紛的彩圖。

但現在，他在夢中再也見不到孫悟空的魔力，也沒有忠實的伙伴，只有他自己，孤零零一人被如來佛抓在金色巨掌裡。儘管在夢中，他一個觔斗能翻十萬八千里，但也逃不出如來佛的掌心。

□

潘濂跪在井邊，利用板條的邊緣磨刀子。空氣太潮濕，他剛把鐵鏽刮掉，一層新鏽馬上就生出來。汗水滾下他的額頭，模糊了他的視線。他用手背抹了一下臉，但汗珠依然不停地從他又長又密的頭髮往下滴。

他跪著，把身體的重心向後移，清涼的海水沖洗著他的腳，使他感到渾身涼爽，但他的喉嚨乾得連口水都嚥不下去。他把自己收起來的魚骨從罐頭盒裡取出一節，放入口中嚼著。這塊骨頭他已吸過好幾次，但現在假裝它是酸梅也還是有用的。

他向自己保證過，不到黃昏不喝水。他能堅持那麼久嗎？他瞇起眼睛，抬頭看看天空，覺得好像看到幾雙翅膀在閃動。他不耐煩地眨了眨眼睛。難道他永遠擺不脫鳥的幻覺嗎！潘濂睜大眼睛，正如他所料，那些翅膀不見了。不，它們還在，只不過向西面偏了一點，比剛才高了一些。這可不是飛魚啊，但也不是鳥翅膀，是一架飛機！

他倏地跳起來，揮手高聲呼喊，卻覺得這不是自己的聲音，而彷彿是從遠處看著自己在行動。他結結巴巴叫著，幾乎被嘴裡的骨頭噎住，於是連忙把它吐掉。「救命呀！」他喊著，「我在這裡好幾個月了！快來救我呀！」

他不停地跳，眼睛在強光下瞇成一條小縫。飛機卻突然從他的視線中消失掉。但它微弱的嗡嗡聲，以及在藍天上留下的一條煙霧十分清晰。希望的烈火在他心中燃燒，並驅使他繼續呼喊，一直到只能聽見他自己的聲音和海水拍打木筏的響聲。即使這樣，他還要在甲板上轉來轉去，像一隻熱鍋上的螞蟻，心裡想著那架飛機，不知它會不會再飛來，或另一架飛機是否會飛來。

他感到一陣陣頭痛。如果飛機在夜間出現怎麼辦？用手電筒行嗎？把光射到白帆布上？潘濂伸手取下掛在角柱上的魚絲，一把抓過魚鉤——這是用手電筒裡面的彈簧做的。他一眼就看清楚了：這段彎曲的鐵絲永遠不可能再做成彈簧——其實他心裡早就明白這個事實。

他又聽見發動機有規律的嗡嗡聲。又一架飛機？從聲音判斷，這架比原先那架要離他近得多。他怎樣才能引起駕駛員的注意呢？揮手、呼叫是愚蠢的，徒然浪費時間和精力。發動機的聲音把他的呼叫聲都淹沒了；而帆布篷遮住了木筏，飛行員怎能看到他呢？

他必須把自己與大海區分開來，才能使人家看見他。那件橙色的救生衣——唯一有鮮明色彩的東西已經掉到海裡去了；信號彈也全浪費在那艘不願救他的船上了。這塊骯髒的白帆布與閃著銀光的大海顏色太相近；如果他取下帆布篷，木筏上被太陽曬得發白的板條也一樣難以引起飛行員的注意。而他自己已曬得和木板的顏色差不多，皮膚上凝結的鹽花，使他看上去更像木筏上一塊碎裂的破板條。

如果他搖動帆布篷呢？不，它太笨重，搖不動，而且從天上看下來，它會像海上的白浪。如果搖一面旗子呢……太小了，從天上看，它就像人們戴在胸前的小別針。但如果他拼命搖，那些斷斷續續、忽上忽下、忽左忽右的動作，也許會引起飛行員的注意吧？

潘濂抓起刀子，從那塊他用來當墊褥的帆布上割下一片，然後在布條旁邊穿幾個洞，用細繩綁在木槳寬的那一端。他很怕旗沒有做完飛機就飛跑，因此一邊做一邊注視天空。天上沒有飛機飛過的跡象，但發動機的嗡嗡聲仍然能聽到，因此他拼命做著。

但他忽然意識到，他原以爲是發動機的聲音，其實是他自己的頭在嗡嗡作響。他厭煩地一下把旗甩進井裡，但旋即又以同樣突然的動作把它拾回來，拿到甲板上。飛機很可能會飛回來的，即使不是同一架飛機，其他飛機也會來。一定會來。飛機一旦出現，他已做好準備。

第二十二章 飛機，飛走了

通常，太陽一從海平線上消失，天氣便轉涼，但今天，當陽光明媚的白天變成黯淡的黃昏，再變成黑夜之後，氣溫仍然很高，暖得就像蓋著厚厚的被子。潘濂鋪好帆布墊，伸開四肢躺在上面。由於他沒有用帆布蓋身體，他身下的墊子比平時多了幾層，但他並不感到舒服：帆布很硬，空氣潮濕，到處都黏糊糊的，使人呼吸困難。他坐起來，望著那個暗黃色的半圓月亮陰沉沉升起來。也許天氣並非眞的那麼熱，只是由於沒有飛機再飛來，他感到失望和沮喪，才覺得氣溫特別高。

無數問題像討厭的蒼蠅一樣纏著他。下午那架飛機是從何處飛來的？他是位於某條飛機航線上，還是離陸地不遠了？他漂浮的時間太久，不可能仍在南美洲附近。會不會又漂回非洲南部海域呢？還是水流把他沖到北半球，到美國，到金山？

紐約，本是貝洛蒙號在巴拉馬里博港停泊後的下一個目的地，船上的華人海員知道要到美國去都非常興奮。他們當中只有幾個人在紐約港靠過岸，但從來沒有一人上過岸，因爲美國的排華法不僅禁止華人移民到美國，也禁止華人海員上岸。但美國參戰後，對華人海員的需求量大大增加，因而美國司法部不得不改變做法，准許一切在盟國船上服務的華人海員上岸度假。因此，貝洛蒙號上的華人海員是應當可以合法上岸的。當時工作夥伴中曾有人談到，上岸後要「跳船」，到紐約唐人街找昔日當海員的海南老鄉暫時躲一躲，也有一些人想到美國船上找工作，因爲他們的工錢比英國船員高好多倍。

潘濂當時並沒有其他打算，他只想去看看城市風光，找個姑娘開開心，能花得起就多吃幾頓中國餐。但現在，他想領美國船的高薪，將來作爲金山客滿載而歸，有錢辦得起最排場的婚禮，能使自己的父母和新娘過舒適、富裕的日子。

他突然想到洗澡。洗掉身上的污穢和鹽，乾乾淨淨躺在又香又軟的床單上；吃上一頓有雞、有肉的晚飯，再吃水果，泡上一杯香噴噴的熱茶，然後抽一支菸……

火柴的硫礦味和又熱又刺鼻的菸味，像芬芳的氣流沖洗著他嘴裡的臭氣，並擴散到他的喉嚨和肺腔。他已經回到家裡了，正在像說書人那樣滔滔不絕地講述自己的故事。當講到飛機怎樣盤旋、俯衝，最後怎樣像鳥一樣穩穩當當降落在水面上，一直滑行到他身旁時，他雙手比劃，像玩木偶似的。

渴望與思念使他氣促，他緊緊抱住雙膝，彷彿這樣做可以把自己的欲望壓回去。他深信一切都會像他幻想的那樣變成現實。但什麼時候呢？他將怎樣忍受等待的痛苦呢？

天亮前，他又一次聽到從又高又遠的地方傳來飛機的聲音。潘濂希望這是眞的，而非幻覺，於是朝聲音的方向搖搖手，想把聲音搧進來。他意識到帆布篷擋住了視線，因此抱住一根角柱，盡量把身體向外探。一架飛機剛從雲層中鑽出來，向泛著魚肚白的高空飛去，天邊已露出一條條粉紅色的光芒。他抓起自做的旗，舉到外面使勁揮舞。聲音愈來愈響了，飛機也愈變愈大，潘濂上下左右地揮動著旗子，使那小塊帆布好像長出生命一樣。但飛機繼續往前飛，不久便從視線中消失了。

他把旗子丟在甲板上，一腳踢進井裡。他生飛機和駕駛員的氣，他生自己的氣。從飛機上看，木筏大概只有芝麻粒那樣大，飛行員怎麼可能看得見旗子呢？看來還是要搖動帆布篷才行，不管它多麼笨重。起碼要把它拿下來，使他自己和旗子更容易被看見，也更便於他好好兒觀察天空，飛機一出現就能馬上行動。

他跳到甲板的另一邊，蹲下來解帆布篷那幾個打得死死的繩結。結成晶體的鹽塊在他手中變成了粉末，隨後又溶化在他的汗水中，彷彿從來不曾存在過一樣。就像貝洛蒙號和船上的船員，他自己或許也一樣……

潘濂顫慄了。一隻手指甲卡在繩結裡，他罵了一句，用牙把指甲啃平。嘴巴一嚼東西倒能刺激唾液，他吞了一下口水。但這點液體無法緩和他的口渴，也無法減輕他的喉嚨痛，他喉頭裡總像堵著一大塊東西。

他想起飛機剛才是從一團烏雲中鑽出來的，便滿懷希望抬頭看看天空。幾天來的悶熱天氣會不會釀成一場大暴雨呢？如果下雨，他就不應撤下帆布篷，否則無法接雨。但如果又飛來一架飛機，而飛行員發現了他，那就根本不需要帆布篷了。總之，不管哪一種情況，下雨和救援都已近在眼前，他很快就可以喝水喝個痛快了。

他伸手去取水箱鑰匙，但突然打住了。即使下雨，難道能保證雨一定落在木筏上嗎？難道能保證飛機一定飛來嗎？由於過份自信，他儲存的淡水和魚乾都大大減少了，現在剩下的就是他的生命線。他又從罐頭盒裡挑出一塊魚骨頭，放到嘴裡嚼起來。他決定不喝水，也不拆掉帆布篷。

啃這塊乾巴巴的骨頭，就像吮手指甲一樣不起作用。如果能抓到一條鮮魚，就能得到汁液。他吐掉嘴裡的骨頭，和自己打了個賭。不，兩個賭：

如果釣到魚，飛機就一定來。

如果能忍住口渴，不喝水箱裡剩下的那點水，飛行員就一定來救他。

潘濂用刀子從木筏邊上刮下一只藤壺，用短魚絲上的小鉤鉤住它，又將旗子擺在身旁容易拿到的地方，然後把魚絲和魚鉤拋進水裡，開始釣魚。

但沒有魚來上鉤。

他搖晃魚絲，想吸引魚群，後來索性上下拉動它。魚絲周圍的水泛起一圈圈皺紋，像煮沸的牛奶上面那層皮。一想起他在船上爲值夜班的人做熱可可時所煮的牛奶，他便渴得厲害了。他眞後悔自己當時把喝剩的飲料都倒掉。

當他拿著魚絲不動時，綠色的海水就平靜得像鏡子，而且從木筏周圍一直到遠處的地平線都一樣。儘管如此，潘濂仍感覺出，有一股他看不見的湍流正在把魚群趕離他的魚鉤。他把線拉回來，改用長線。他在大鉤子上掛好釣餌，然後把線放進海裡。

一種不尋常的騷動正在驅趕魚群，使它們遠離他的魚鉤，這現象令他憂慮。強光灼得他眼睛發疼。是早晨，但空氣悶熱，沒有絲毫清新感，而且連微風都沒有。他嘆了口氣，感覺出自己呼出的氣體熱辣辣的，他看著皮膚上的汗珠被自己呼出的熱氣吹動，滾到懶洋洋的大海中，溶進那拍打木筏的海水裡……

魚絲終於動了一下。他馬上收線。一條約一公尺長的魚絕望地掙扎著，但他熟練地、輕而易舉把它制服了。

潘濂懷著期待的心情，透過朦朧的熱氣看著眩目的天空。那裡並沒有飛機。怎麼會有呢？他並不是和神仙談交易，不過是和自己打賭罷了，是自欺欺人而已。

他胡亂地砍掉魚頭，除掉魚鱗，把自己失望、憤慨與沮喪的心情，發洩在手中那條滑溜溜、光閃閃的魚身上。他把魚鋸成兩半，取出魚骨，並把脊柱破開，吸出每一節骨頭的汁液。淡而無味的液體一滴滴流進他的喉嚨裡，但無法令他滿足，就像水流進焦乾的泥土，卻無法滲透。然而，堵在喉嚨裡的硬塊溶化了，他又能暢快地嚥東西了。

爲了汲取更多的汁液，他一邊清理魚內臟，一邊切下小塊的魚肉放進嘴裡。魚心和魚肝他也吃掉了，剩下的肉他切成薄片，好使它們更容易曬乾。

全部工作完成後，他把滿手血污揩在大腿上，然後趴在甲板上，探出頭去，用海水往身上和臉上澆。海水滲進他手指的裂縫裡。他拿來兩只空罐頭盒，不停地往頭上澆水，直到硬梆梆的頭髮中的鹽塊溶化掉，直到他臉上和手臂上的每條紋縫都冒出水氣。

海面似乎不如剛才平靜。這是眞的還是他的想像？海上並沒有起風，連吹動一根頭髮的小風都沒有。但海水的顏色似乎比早上更深，更渾濁，有點像粥一樣稠稠的。潘濂把頭探到帆布篷外面，看看早些時見到的雲層。它們離他並不比剛才更近。他會不會接近陸地了呢？這是即將出現拍岸浪的跡象嗎？

潘濂跳起來，向木筏兩邊的海平線瞭望。在右舷方向，地平線上有幾塊白色的東西，可能是雲，也可能是陸地。在木筏尾部，天空呈現一片藍綠色，有可能是環礁湖或礁石顏色的倒影，也可能純粹是幻覺。他嘆了一口氣，突然想起往日的古裝大戲，戲裡什麼都一清二楚，清官是紅臉，奸臣是白臉，鬼怪是綠臉，誠實者爲黑臉；手上拿槳意味著乘船；提燈籠就是天黑。既沒有疑問，也沒有懷疑，願望與現實不會混作一團。

在高溫下，人會把天上的浮雲看成雪花；寂寞又會使雲變成鳥，變成飛機的蒸汽尾流，變成好多飛機，就像暴風雨前夕到處亂飛的蜻蜓。

不過，這可是眞飛機啊！

一共六架！

「這裡！飛到這裡來！」他喊著，由於昨天喊得太厲害，他的聲音沙啞了。

飛機上的駕駛員好像眞的聽見他的呼叫聲，竟然六架一起轉彎，朝他的方向飛來。潘濂高興得發狂，連忙從木筏邊上舉出旗子，瘋狂地搖著，叫喊著。

飛機低沉的嗡嗡聲，漸漸變成巨大的轟隆聲，把他的叫喊聲淹沒了。但飛機飛得很高，離他就像神仙那樣遙遠。潘濂的心在胸膛裡猛烈跳動，就像被他抓住的那隻鳥的翅膀猛烈搧動一樣。看來，他必須把帆布篷拿下來。

潘濂手中舉著旗子爬到對面甲板上，但不小心跌了一跤；他爬起來抱住一根角柱，但旗杆又碰到曬魚的繩子，繩子給碰斷了。他索性把它們拽下來，弄得甲板、帆布篷和他自己身上都是魚肉。但他全部注意力都集中到那些飛機身上，它們竟目中無人，繼續朝前飛，根本不理會他的呼救聲。

他又跳回另一邊的甲板上，把水箱鑰匙從繩子上揪下來，用它拚命敲打水箱和貯物箱，像在打鑼。「救命呀！你們快飛回來！救救我呀！」

飛機在高空朝著地平線的方向消失了。

怎麼可能呢！他們怎麼現在就飛走呢！難道他不是魚也釣到了，水也沒有喝一滴嗎？他打賭打贏了呀！

一陣低沉的嗡嗡聲打破了他痛苦的思緒。其中一架飛機正飛離機群，慢慢傾斜機身往回飛。

熱淚從潘濂的雙頰滾下來，濡濕了他粗硬的鬍鬚。他笑著，喊著，從甲板的一邊跳到另一邊，一會兒揮動旗子，一會兒敲打水箱和貯物箱。

飛機愈來愈大了。他來不及取下帆布篷，只有一種辦法能使飛行員發現自己：他用雙手抱住角柱，笨拙地往上爬，手中拼命揮舞著旗子。

「飛到這兒來！到這兒來呀！」

飛機開始下降，它盤旋著，起初圈子很大，後來逐漸變小，隆隆的響聲響徹四周，其蒸汽尾流把木筏籠罩住了。潘濂在柱子上堅持不住，只好跳回甲板上。他恰巧踩在一塊魚肉上，滑了一跤，把兩隻腳踝都扭傷了。他生氣自己竟這樣不小心，馬上爬起來，踢開甲板上的魚肉和繩子，然後一拐一拐走到水箱旁，用鐵鑰匙猛烈地敲擊。飛機繼續下降，它巨大的隆隆聲彷彿吞沒了木筏，也吞沒了潘濂微弱的呼救聲。

又掙扎著爬到角柱上，他似乎覺得，只要自己爬高些，就能看見飛行員，可以感覺到飛機噴出的熱氣，甚至用捆綁旗子的木槳都能碰到機翼。他冒著跌落水中的危險，拼命把木筏往外伸。

「這兒呀！」他懇求著呼叫道，「向這邊看呀！」

飛機搖了幾下機翼。他們看見他了！

但爲什麼還要飛走呢？

不，它不是飛走。它在轉彎，又飛回來了。潘濂聽出螺旋槳的聲音變了，飛機在減速，而且又降低了一點，鳥兒準備降落時就要這樣滑翔。

潘濂把旗子丟到甲板上，自己從角柱上滑下來。扭傷的腳踝一碰到甲板，就疼得他直皺眉頭。他站不住只好蹲下來，緊張地等待飛機降落。它會靠得多近呢？飛機降落時的衝力會把木筏掀翻嗎？他怎樣登上飛機呢？他甚至已經感覺到飛機降落時濺起的水花和木筏的搖晃；已看見自己在翻騰的海水中向飛機游去，他和飛機之間的距離愈來愈小，最後飛行員推開機艙大門把他拉進去。

不，等一等，飛機並不是在降落啊！它不但沒有降落在水面上，相反的，機頭正在朝上提，向高處飛去，並漸漸消失在雲端裡。它一會兒露出頭來，一會兒又消失掉，在薄薄的雲海中時隱時現，在木筏上空旋盤。一時之間它似乎在空中停住不動了。

銀色的機翼在陽光下閃爍著無情的光芒，就像三個月前那艘輪船上的望遠鏡。飛行員是否在觀察他？難道他將再一次遭到拒絕？

潘濂再次爬上角柱，想看清飛機上的標誌，但他什麼也看不見。他滑下來，抓起木槳瘋狂地揮動著，揮著那面白色小旗——表示投降的白旗，喊道：「救命啊！我求求你們，救命啊！」

飛機又轉了一圈，它噴出的白色煙霧，像條又粗又大的繩子綁住木筏。突然它傾斜，並向海面俯衝。潘濂眨眨眼睛，忍住奪眶而出的感激的淚水。他猛地跳起來，看著從飛機下面掉下來一件東西。

他本能地退到井裡，但眼睛又無法離開那件從高空落下來的黑色物體——直到它嘩的一聲濺落在水中。這時他猛然閉上眼睛，抱著頭迅速蹲下來，準備迎接某種巨大的衝擊力。這次是死定了。

他聽見物體落水時發出的巨大嘩啦聲，感覺到木筏被拋起來，猛烈搖晃著，然後是水花四處飛濺。他捏緊拳頭等著炸彈爆炸，木筏每拋起一下，海水每次從板縫中沖進來，飛機在頭頂上每聲隆隆響，都使他全身的感覺器官產生強烈的震動。

但他沒有聽到爆炸聲。

潘濂提心吊膽地從井邊向外窺視。水上漂著一個像罐子一樣的東西，從外表上看並沒有什麼可怕的地方，但它周圍的海面灑著一層發亮的油質物。潘濂抬起頭看看天空，飛機正在擺動機翼：他沒聽見爆炸聲是因爲飛機投的不是炸彈，而是油箱，目的是鋪平海面以利於降落。

潘濂鬆了一口氣，發出一陣歇斯底里的歡笑聲；並快樂地揮動手臂。但飛機向上升，然後漸漸在鑲滿金邊的雲彩後面消失了。

他等待飛機再次飛出雲層，並降落在水面上。但它沒有出現。唯一能證明飛機確曾來過的證據，是海上漂著的那層難看的油汚。

第二十三章　遇颱風

潘濂搖搖晃晃地在甲板上坐下來，拼命想控制自己的情緒。怎麼可能自己兩次遇救，而兩次都遭到拒絕呢？飛機不救他，必然有原因，而且應當是正當的原因。也許因爲那種飛機不能在水上落降；也許因爲飛機燃料不足；或者因爲它載著炸彈。所以飛行員才採用一種對他們雙方都有利的辦法——丟下一罐顏料來標明木筏的位置，然後以無線電呼叫，要求派人來救援。在附近航行的飛機、船隻或潛艇可能已經收到消息，現正在朝這裡開來。雖然飛行員會說明木筏所在位置的經緯度，海面上還有顏料油作標記，但他仍應做好準備，使自己更易被人發現，決不應灰心喪氣。

爲了把旗子放在更明顯的位置，他把它縛在角柱的頂端，同時把一串空罐頭盒吊在旗下。太陽把沒有生銹的地方照得金光燦燦，它們一搖晃，便會發出閃閃爍爍的光芒，像信號燈。然而，三個月來的連續失敗使他很難相信這次會有什麼不同。空罐頭盒的噹噹聲，使他想起和尚搖鼓時的悲愴聲音，這正是他淒涼心情的反響。他又嘆了口大氣，和尚為了宗教信仰終身出家，他們求助的呼聲卻常常遭到歧視。連和尚都如此，他還有什麼盼望呢？

他的腳踝疼得很厲害，令人窒息的高溫，又似乎要把他肺裡的空氣全部擠出來。他心情緊張得坐不下來，便拾起掉在甲板上的一串串魚肉，一拐一拐走到繩子跟前，把它們重新掛起來。汗水泌泌地從他的手臂上流下來，令他心情更加煩躁。正當他停下手中的工作來抓癢時，突然覺得傳來一種微弱的警報器的響聲。

他焦急地用目光搜尋波濤起伏的灰綠色大海，視線越過那層光滑的顏料油，一直向遠方瞭望，心裡激動得怦怦直跳。但他什麼也看不見。天上除了幾朵浮雲外，一無所有。他勉強吞了一口唾沫，閉上眼睛，希望能集中精神，使自己再次聽到警報器的響聲。但什麼聲音都沒有，由於海面被油覆蓋，連平時海水擊拍木筏的聲音都聽不到了。

他以天上的雲作標記，把海和天分成幾個區域進行更仔細的觀察。在西邊，白雲匯聚成一團怪異的雲霧籠罩住夕陽，很像用紗布包裹帶血的傷口。潘濂用力吸氣：那股從光芒四射的雲霧中升起的，會不會是煙呢？

他怕一眨眼煙柱就不見了，因此瞪大眼睛死死盯住它，直到海、天、太陽和雲彩都變成一團朦朧的粉紅色的光。他用拳頭揉揉眼睛，一、二、三……他數著，一共是八艘船！是個船隊呀！飛行員和神仙都沒有辜負他！他終於盼到獲救的一天了！

希望與疑慮在他腦中展開了搏鬥，他緊張得全身起滿雞皮疙瘩。在天黑之前船隊肯定開不過來。但既然他們已經得悉他的情況，就一定會在附近停泊等待天亮的。然而，如若沒有信號引導，船上的瞭望哨很可能發現不了他。海面上已經颳起小風，光滑的油層被風吹起一個個麻點。天氣仍悶熱，海面除了幾個不明顯的波瀾也非常平靜，但在天亮之前，木筏肯定會漂離油層的……

黃昏漸變成黑夜，隨著氣溫下降，一種沉悶的不安情緒籠罩著他，把他最後一點希望都給窒息了。潘濂很生自己的氣，很想不理那從遠處傳來的隆隆雷聲和黑夜中閃過的電光，他就是在閃電的地方看見船隊的。但他想起那顆掃帚星，那是天公在警告大家災難即將來臨，他不能不理，一想到可能出現一場大搏鬥——他與暴風雨的大搏鬥，他就非常煩惱。

他突然明白自己害怕的原因。那種又熱又悶，沒有一絲風，表面平靜，深海裡的暗流卻把魚群沖走，潮濕得連曬著的魚乾都發霉的天氣，其實就是一種預兆，預示一場特大的、三個月來他從未經歷過的暴風雨即將來臨。其兇猛可怖，就像當年襲擊海南島的颱風。

在海南島，颱風前的氣候總是非常悶熱，接續而來的是狂風，連鳥獸都在起風時發出驚叫。最後颱風來了，它掀掉屋頂、瓦片，吹開門戶；和風一起來的傾盆大雨使河水氾濫，樹木被連根拔起，巨石被沖走，山泥傾洩，人、獸和整片村莊都被吞沒。但颱風並不就此住手，它可能一颳數天，非要把它刁蠻的脾氣發洩完才會平息。

他還記得，颱風剛露出邪惡的苗頭，各家各戶便忙碌起來，把田裡、院裡的工具、菜乾、衣服、牲畜等統統搬回家去，然後關門窗，把一切都鎖起來，就像村裡鬧土匪一樣。儘管如此，大雨仍從牆邊、瓦邊、窗門等縫隙滲進屋裡，淹沒人們辛辛苦苦貯存的糧食；颶風則吹翻屋頂，颳倒農作物，在它路經的地方留下死亡和災難。

要是在大海上遇到颱風，船上的甲板會給颳得一乾二淨，利刀似的雨點和浪花會沖開艙蓋，沖斷固定貨物的繩索，使貨物在艙壁上亂碰，船在巨浪中猛烈顛簸。船上所有官員和水手都會一起出動，雖然疲勞和憂慮使大家面如土色，筋疲力竭，但大家都在船橋上和機房裡，爲輪船的生存拼搏。潘濂那時的任務是供應茶水。他端著一杯杯熱茶，跌跌撞撞穿過走廊，登上梯子，從廚房跑到船橋上，滾燙的茶水灑在手上，燙得好痛。

過去他從未覺得自己的角色可笑。他是侍應生，爲船上官員服務是他的職責。但現在，當滿天電光亮得像新年的煙火，而可怕的雷聲愈來愈響時，他覺得自己像個赤手空拳面對老虎的孩子一樣害怕，一樣愚蠢。

滾滾黑雲遮住了正在升起的月亮。帆布篷被颳得啪啪作響，像放槍一樣。他縮作一團，想著大風會颳斷船上的煙囱，扭曲鐵欄杆，巨浪還會把船身劈成兩段。大風大浪又會對木筏怎樣呢？對他呢？

一股疾風把木筏拋起來，也把潘濂震得立即行動起來。他迅速把魚鉤、魚絲、刀子和水勺放進貯物箱內，再把空罐頭盒和水箱鑰匙藏進隔間裡。風愈吹愈強勁，他捆在柱子上的空罐頭盒被颳得叮噹作響。一時之間，帆布篷像船上的帆一樣被風吹得鼓起來，木筏輕巧地在水上疾行。但又一股大風突然從另一個方向把帆布篷吹起來，木筏猛地一下子衝過灑滿顏料的洋面，離開那片只有虛假平靜的海域，投入洶湧澎湃的黑浪中。

他放棄加固木筏的想法，抱起帆布墊便跳進井裡，那裡畢竟比較安全。就在這時，一個巨浪翻過甲板，海水泛著泡沫鋪天蓋地而來，把他淹沒在其中。還沒等他喘過氣來，又一個大浪打來，把他甩向隔間，他的身體撞在水箱和貯物箱壁上。木頭和金屬刮著他的肉體，水嗆得他難以呼吸。他咳嗽著，吐著水，後悔自己考慮不周，竟把懷裡的帆布墊割下一片做旗子，不知是否能把它綁在木筏周圍作防護屏障，即使只能擋住三面也好。但他意識到，自己沒有辦法固定這個防護屏障，甚至連想辦法的時間都沒有了。

一個接一個的浪愈翻愈高，他抓住兩個浪之間的短暫間隔，把手中的帆布墊塞進隔間裡，並試圖思考。在輪船上，船員有堅固的鋼鐵船壁掩護，不會受風、雨和浪的襲擊，但船壁在颱風中也會咿呀亂響，如果沒有訓練有素、懂得對付暴風雨的指揮人員，鋼鐵船壁也會斷裂。狂風惡浪會使船傾斜，使貨物倒向一側，造成翻船的危險。從某種意義說，木筏體積小倒是件好事，它的板條間有空隙，還有金屬圓桶，使它可以像軟木塞一樣不下沉；不管暴風雨多麼凶猛，它都不會斷裂，不會翻傾。家鄉小竹林裡的竹子遇到大風時總是隨風彎曲，不會折斷。他也一定能戰勝暴風雨，生存下去的。

但他絕不能驚慌失措。也絕不能脫離木筏。

電光像凶猛的獸爪撕破了夜空，照出海面上的滾滾黑浪，從浪谷到浪峰足有六公尺高。隆隆的雷聲彷彿炸開了烏雲，使雨傾盆而下，重重敲打著帆布篷。呼嘯的狂風又撞擊它，把篷上積著的雨水一下翻到大海裡。潘濂死命抱住板條，和木筏一起一會兒拋到浪尖，一會兒又滑進浪谷。木筏一時會輕飄飄地在空中飄蕩，但轉瞬間又重重摔下，在水中瘋狂旋轉。稍稍穩定下來，它又隨波逐流進入深深的浪谷，撞擊著剛從大海深處升起的水牆，頓時，無數加侖的海水沖進井裡，沖得潘濂又咳又喘，直到木筏再次高高騎在另一個浪尖上，他才大口大口吞著空氣。

比任何浪濤都危險的，卻是潘濂愈益嚴重的驚慌情緒，他與它搏鬥著，提醒自己第一次遇到暴雨時也曾驚慌失措，但天后仍保佑了他。天后既然使他平安度過多次大難，這次也一定會保佑他的。

他蹲在那裡蜷縮著，這種姿勢使他的背部很快便痠疼起來。木筏劇烈顛簸，要使自己不被甩出去，他必須拼命抓住，全身肌肉都繃得緊緊的。隨著木筏的一起一伏，他的肚子也翻騰起來。他怕支持不住會鬆手，因此想把自己綁在木筏上，但忽然想起繩子已經沒有了，剩下的最後一段已用來做旗子。

電光把昏暗的大海照得通亮，但眨眼間它又變得比剛才更加漆黑。周圍響起可怕的隆隆聲，這不僅是雷聲，還有巨大惡浪襲擊木筏時的聲音，和從遠處翻滾而來的更大浪濤的巨響。恐懼使潘濂更緊抓木筏，他挺住身體，準備應付即將襲來的一個又一個大浪；這時，他開始意識到，在大風的作用下，浪濤表現出某種規律性。

他試圖集中精神掌握這種規律：在大浪襲來的前一刻要屏住呼吸，使自己免於嗆水；浪一退便趕快鬆弛一下，以便保持體力。在一段時間裡，這種辦法還是奏效的。但不久，捲浪變得更兇猛，以更大的力量撞擊木筏，他的手再也抓不住板條了，他被惡浪沖到水箱和貯物箱上，身體撞在金屬箱鋒利的角上。海水從板條縫和木筏邊上鋪天蓋地向他撲來，他嗆得連氣都喘不過來了，嘴裡嘗到鹽和血又鹹又腥的味道。

他艱難地爬到井中央，重新抓住板條，但這時又一個大浪襲來，他彎起身體，喘息著，一口一口吞著空氣和海水，忍住從肚裡翻起來的陣陣噁心，還要抑制住自己想爬到甲板上去的瘋狂欲望。又是一陣雷鳴和閃電，呼呼的風聲，隆隆的雷聲和浪濤聲在他耳中匯成了巨大的轟鳴。一股咆哮著的狂飆吹來，把旗子吹掉了，把帆布篷也颳下來了。帆布被刮得像鞭子一樣抽打著他的背。他本能地伸手一抓，將它拉到腳下。這時木筏又被一個特大的惡浪拋起來。浪濤湧到井裡，重重地、無情地抽打著他傷痕累累的身體。他蜷縮起來，像蝸牛縮進殼裡一樣，把寒冷刺骨的雨點和浪花統統拋到腦後，他只知道一件事：不鬆手，要保住一口氣，保住生命……

海龍把木筏拋起來，就像拋一根稻草那麼輕鬆。

隆隆的雷聲在詛咒，呼嘯的狂風在助威。

它們的咆哮聲把潘濂脆弱的外殼震碎了，他突然發現孫悟空正騰雲駕霧在空中穿梭，他那根長長的金棒在蒼穹中留下一道道耀眼的電光。接著，龍王爺率領部下，騎著白頭大馬衝過驚濤駭浪，一路撒下珠寶，就像炸彈爆出火花。在這些變化無常的神怪中，哪個是他的敵人呢？是調皮搗蛋的孫悟空嗎？是像吸血鬼一樣吸盡他體力的龍王爺嗎？還是咆哮著要置他於死地的海龍？他們個個都可以要他的命，也可以救他一把。他們全都在人間生活過，都應懂得吃苦受難的滋味。但正是他們身上的人性使他們沾染了弱點：輕信、狡猾、自私。看來，他誰都不應信任。

仙女們卻不同，她們彼此相助，待人寬厚，比較可靠。也許她們已了解他的困難，並已派天后的助手千里眼和順風耳來幫助他，他能堅持到現在，完全是靠天后的保佑啊……

□

他感到臉和眼睛火辣辣的，全身肌肉都在發抖，牙齒抖顫不停，但雙手仍然牢牢抓著板條。這是因為手已經凍僵了，痲木得鬆不開了；也因為天后和她的助手們按住他的手，不讓他動。

水手們常說，不管風大、浪高，也不管天昏地暗，只要天后用她的神火點亮船的桅杆，全船的人就可以免除災難。潘濂確實覺得，木筏上有根角柱的頂端，正隱隱約約發出亮光，但由於風雨交加，浪花飛濺，他看不清楚，不敢肯定。

風把一段帆布吹起來，正好打在他身上，磨得他皮肉發疼。浪濤掀起的水柱潑下來，像挖墳坑時拋出的泥土。飛濺的海水有如亂射的槍彈。但潘濂始終沒有鬆手，他牢牢抓住板條，像傳說中那兩個戰勝颱風的林姓兄弟。暴風雨打斷了他們木船上的桅杆，他們就是牢牢抱住斷桅杆才免於一死的。後來兄弟二人在東龍島①上蓋了一座天座天后廟，表示他們對天后的感激。潘濂見過這座廟，此刻他向天發誓，如果天后保佑他平安無事，他一定到那廟裡給她燒香。

大海突然奇蹟般地平靜下來了。

沒有風，連一絲氣流都沒有。

潘濂被這突如奇來的平靜和死寂驚呆了，他感到輕飄飄的，有一種失常感，他低聲感謝天后保佑，然後想站起來，從井裡爬出去，海水仍在不停地從板縫中沖進井裡來。但他死死抓住板條的手指動彈不得，他只好逐隻手指慢慢鬆開，搖搖晃晃站了起來。

堆在他腳下的帆布絆住了他的腳，他雙腳無力地直打顫。他試圖抓住貯物箱，但手從又濕又滑的箱面上滑下來。在他倒下去的一剎那，他聽到可怕的隆隆聲，接著感到木筏被一陣風吹起來，然後又像巨人甩掉手中的玩物一樣被無情地拋了下去。

大海又一次變成了戰場。潘濂眼中溢出了淚水，他覺得自己又一次被出賣了。他屏住呼吸，趴在帆布上，迫使自己的雙手再次緊緊抓住板條。捲浪以更兇猛的力量在翻騰，浪尖像鋒利的刀子一樣打過來，但一下便翻捲過去，然後嘩啦一聲炸開，變成無數泡沫傾瀉下來。疾風把木筏一會兒推到浪峰上，一會兒又拋進洶湧澎湃的浪谷，淹沒在團團黑水和泡沫中。但滾滾大浪隨即又把木筏托起，讓它升到洋面上，於是雨水和浪花一起向他襲擊，捶打著他那濕漉漉的身體。

剛才短暫的寧靜欺騙了他，面對新的威脅，他身體的每個器官都在反抗。他乞求大慈大悲的觀音菩薩顯靈，他似乎覺得觀音輕盈的衣裙正拂著他的身體。其實那不過是帆布篷的一角在空中吹拂。新的巨浪在形成，在翻騰，他感到木筏又被拋起來，在浪尖上踉蹌幾下，然後又跌到深處。

潘濂全神貫注，按浪濤的節奏控制自己的呼吸，同時祈禱大風快快平息。風確實漸漸緩和了。然而沒有風的束縛，浪更肆無忌憚。木筏在白色的浪花間轉來轉去，潘濂無法抓得牢，從井的一邊被甩到另一邊，海水嗆得他又咳又吐，他一口口吞著，嘔吐著……

潘濂倒在角落裡，最後一個大浪就把他甩在那裡，他覺得自己全身又濕又疼，簡直成了痛苦的化身，不但皮肉上全是傷口，皮肉下的每根肌肉也在抽搐，手、腳上都扎滿了刺。透過雨水和浪花，他已看出天邊露出了一道道暗黃色的光焰，但他頭頂上仍是烏雲密布。他懷疑這又是一次暫時的寧靜，大概又是神的花招。

然而滂沱大雨確實逐漸變小，成了濛濛細雨，而巨浪也變成了起伏的波瀾。但在潘濂的頭腦中，暴風雨並沒有平息，洶湧的波濤沖亂了他的思路，使他麻木，到後來，一切都變成了一片空白。

譯註①香港附近一小島。

第二十四章 尿……能喝嗎？

潘濂醒來，發現自己躺在甲板上。他是怎樣、何時從井裡爬上來的，他自己毫無印象。他也不知道暴風雨已停了多久。他睡眼惺忪，意識到太陽正猛烈地照射著，感到一種從未體驗過的痛苦，但口渴比肉體的疼痛更強烈。

他想坐起來，但頓時疼得眼淚直流。爲什麼一動，小腹就疼得那麼厲害呢？他懷著既矛盾又恐慌的心情重新倒在甲板上，用手把封住眼皮的睡意揉掉。

強烈的陽光使他瞇縫起眼睛，他慢慢用肘支撐起身體。眼前的景象使他不禁倒抽一口氣：帆布篷堆在井底裡，旗子從斷槳上無力地垂下來，兩邊甲板上橫七豎八丟著一串串腐爛的魚乾。這一切都可以補救，他胸口、四肢和腹部的傷，也會慢慢癒合，正如過去也癒合過一樣。然而他的生殖器卻腫得比正常情況大兩倍，腳不但腫起來，腳上的皮也在一層層地剝落。這也能好起來嗎？在沒好之前他怎麼辦？

理智告訴他，大風早已把他吹離他在暴風雨來臨前夕所看到的那個船隊。但他不能不尋找他們。灰濛濛的雲，在靠近西北方向的海平線上垂落下來。這是他剛經歷的那場暴風雨留下的最後痕跡，還是一次新暴風雨的先兆呢？他嘆了口氣，閉上眼睛，此刻他最大的願望是喝上一大碗水，然後蒙頭大睡，睡到體力恢復，傷口痊癒，睡到有人來救他。但他身上的皮膚，雖然被泡得皺巴巴的，已經被猛烈的陽光曬得發疼。如果不趕快修復帆布篷，他將會被活活曬死。

他用手臂推開面前一堆繩子和爛魚，然後探身把井裡的帆布篷拖上來。水從硬梆梆的帆布上流下來，刺激得他更加口渴，他嘴巴裡的苦味和鹹味變得簡直無法忍受了。在修復帆布篷之前，他必須喝一口水。

他小心用手護著生殖器，慢慢爬進井裡，但頓時感到頭昏眼花，還有些噁心。他很氣惱自己竟被這樣輕微的活動弄得渾身難受，因此索性不管它，強迫自己立即解開隔間的門，把水箱鑰匙取出來。

經過這場暴風雨，隔間門上的繩已磨損得很厲害，他拽了幾下就開了。他用一隻手護住下身，免得生殖器撞在木筏上，或與大腿磨擦，然後用另一隻手打開隔間的門。水從裡面沖出來。他拾起水杓，用罐頭盒蓋把碎玻璃小心刮到海裡，然後找出水箱鑰匙。由於只能用一隻手幹活兒，蹲著的姿勢又彆扭，他的動作顯得異常緩慢和笨拙。

不好好休息一下，是沒有力氣把水箱蓋打開來的。但他太渴，只歇了一會兒便跪下來，儘量劈開雙腿，但身體仍保持著平衡。出乎他意料之外，水箱蓋很容易就打開了，由於用力過猛，他一下撲倒在水箱上。曬得發燙的鐵皮灼得他發疼，他連忙後撤，大腿竟碰到生殖器上，他痛苦地呻吟著，馬上蜷縮起來。

海水從板條縫間沖進木筏裡，啪啪的水聲更增加了他的口渴。疼痛感稍一緩和，潘濂便把水杓伸進水箱裡。嘩嘩的聲音說明水箱裡面水還很多，比他記憶中的還要多。他欣喜地喝了一大口，但立即吐了出來。

水箱裡的水竟和海水一樣鹹。

其實這就是海水。水箱蓋那麼容易開，原來是這個原因！難怪水那麼多！好了，從現在起，除非下雨或獲救，他將沒有水喝。

他彆扭地轉過身去觀察早些時看到的那片雨雲，目不轉睛地盯住它，想用意志促使灰雲變成烏雲，想喚來大風把它們吹到近處。他意識到自己必須馬上清洗水箱和修復帆布篷。

跪在井裡把水箱裡的鹹水舀出來，是很吃力的，他累得直喘氣。像拳擊師在兩局之間抓緊時間休息一樣，他要好好休息一會兒，才能投入修復帆布篷的工作。篷子下的兩個角，不必站起來就能固定，因此他先從這兩個角開始。爲了空出手和保護下身，他用牙齒咬住帆布，拖住它，爬過滿是爛魚和嘔吐物的甲板。

固定好一個角之後，他便休息一段時間才縛下一個角。但得到恢復的不是他的體力，而是他必須堅持下去的決心：他很清楚，不繼續幹就是前功盡棄，白白付出許多力氣。他把帆布篷第三個角咬住，然後勉力抱住角柱站起來。他雙腳無力，支撐不起自己的身體，只能靠在角柱上。要把帆布這個角掛到柱子的頂端相當困難，他只好把它縛在柱子齊胸的地方。這個高度已經可以使帆布篷構成一個小斜坡，完全可以用來盛接雨水。

當他捆完最後一個結，太陽已貼近地平線。一股無規則的小風正在攪動雲彩，正如他所期望的那樣，把雲吹到離他更近的地方。但他太疲勞，全身太痠疼，不能再洗刷帆布篷了。他要求自己相信，如果現在睡足覺，一旦下雨，他洗刷帆布篷和舀水的效率就會更高。

潘濂仰臥著，兩腿劈開，以減少大腿對下身的磨擦。夜風使他感到涼颼颼，他眞後悔自己修復帆布篷時沒有從隔間裡把帆布墊拿出來曬。現在他打著冷顫，等待黎明的到來。早些時他看到的雲層已經散掉，一滴雨也沒有下。

天剛泛起魚肚白他就起來。雖然他仍感到四肢僵硬，但外陰部和雙腳似乎沒有那麼腫脹，腿也沒那麼軟，他的動作自如多了，可以顫顫巍巍站一會兒了。但他身上起了很多形狀和顏色都像乾泥巴的癤子。

他爬到井裡取魚具時——爲了安全起見，他把魚具都藏到貯物箱裡了——發現兩個金屬箱表面都蒙著一層薄薄的露珠。他用手指抹了一下，放在唇邊舔了舔。那點潮氣似乎緩和了他的口渴，即使只是一種思想上的安慰。他低下頭，把兩個金屬箱上的水珠舔得乾乾淨淨。

貯物箱的蓋子很難開，他用盡力氣才把它打開來。從箱內沖出的氣味卻像毒氣一般。他不看也知道，那些沒乾透的魚肯定霉爛了。他把手伸進箱內，裡面的爛魚像稀泥一樣黏在他的手上。

在沒有淡水的情況下，他本來也很難嚥下那些魚乾，但全部食物儲備都喪失殆盡，這個事實對他的打擊太大了。飢餓和口渴頓時都加劇了，肚子陣陣難受，喉嚨也像堵住了一般。他筋疲力竭地倒下去了。但剛一清醒過來，他便把手伸進箱內，在那堆爛魚肉中仔細摸索魚具和刀子。它們長滿鐵銹，但還能用。他用從板條縫中沖進來的海水清洗它們，然後艱難地把自己拖回甲板上。

原先他從木筏邊上剝下一只藤壺是件十分簡單的事情，現在卻十分困難，要經過精心盤算，等到眞動手時他已體力耗盡，無法控制手中的水箱鑰匙，只好亂敲一氣，把藤壺砸得粉碎，裡面的汁液濺得到處都是。他把藤壺的碎殼撿出來，用裡面的肉做釣餌。但夾在他手指間那點軟綿綿的肉顯得那麼鮮嫩，他忍不住一下丟進了嘴裡。他咬了一下，清涼、滑潤的液體馬上滲了出來，但只有那麼一點點，根本無法滿足他的飢渴。

他又剝了一只藤壺，這次他連一點汁液都不想浪費，因此想試試不用水箱鑰匙敲破它的殼。藤壺表面非常光滑，但甲殼很硬，他用手和牙都擠不破。於是他又試著把整個藤壺放進嘴裡吮吸。好像含酸梅核一樣，含的時間長了，他的上顎和舌頭都會發疼，但藤壺的肉和汁吸不出來。他只好吐出來，用水箱鑰匙把它砸碎。

爲了讓藤壺鮮美的汁液滲進牙縫和喉嚨裡，他慢慢咀嚼著。但那團小肉似乎一會兒就嚼乾了，他只好把它吞進肚裡。一種受人欺騙的感覺激怒了他，促使他剝掉所有個子較大的藤壺，然後把它們統統吃掉，最後又把他伸手能摸得到的藤壺全都剝了下來。

他懷著憂慮的心情，看看已升得很高的太陽，把最後一塊藤壺肉掛到魚鉤上，然後把魚絲拋進海裡。他花在這頓藤壺餐上的時間和精力，比他想像的要多得多，但他還有很多事情要做。有些事當然可以向後推，例如洗甲板、清理貯物箱和修補旗子等。但另一些事則是無法拖延的，比如給抓到的魚開膛，這是必須馬上做的，曬魚的繩子也要馬上重新安好，還有：晚上不蓋東西不行，他經不起再凍一夜了。

他把魚絲拉回來，將魚餌換到大魚鉤上。魚群的出現不像過去那麼頻繁，他來不及像平時那樣先釣一隻小魚，然後用它當誘餌捉大魚。小魚的汁液太少，不能滿足他的需要，他現在需要魚汁更甚於需要魚肉啊！

他半蹲半坐在甲板上，再次把魚絲拋出去。過了一會兒，他站起來，頹然靠在角柱上，後來又跪下來。但不管什麼姿勢，他都感到渾身不舒服，而且任何一種姿勢都不能堅持很久。難道魚兒不上鉤是因爲他太煩躁嗎？還是因爲藤壺肉太小，無法把鉤子僞裝起來？或是因爲暴風雨把木筏颳到一個無魚區？

這種情況過去也曾經出現過，但那時他在貯物箱裡存了大量魚乾，因此並不擔心，他相信在吃完存糧之前，木筏一定會漂到一個魚多的海域。即使現在，如果有足夠的淡水，如果魚的消失不是一場新暴風雨的預兆，他是不會那樣焦急的。

天空萬里無雲，海上風平浪靜，但颱風前夕難道不正是這種樣子嗎？他的信心動搖了。他心裡很煩悶，不知到底應該繼續釣魚——雖說下午一般很難釣到魚——還是應該著手做其他事情。

剛才搬弄水箱鑰匙時，他手上泡軟了的老繭給磨掉了。現在魚絲陷進手上的嫩肉裡，他很怕又磨破手，於是把線拉回來，乾脆把魚餌吃掉。他像吃了迷魂藥，動作呆滯，跌跌撞撞地把帆布墊從隔間裡拖出來。

帆布濕漉漉的，鐵銹和霉物把它弄得很髒。潘濂把它鋪在甲板上，自己躺在旁邊歇息。他睡著了，而且睡得很酣，半夜醒來只是爲了鑽進帆布褥墊裡，以躲避夜間寒風的侵襲。

由於前一天他舔過兩個金屬箱上的露水，又吃過有汁液的藤壺，因此他口渴得更加難忍了，那種火燒火燎的感覺使他煩躁不安。今天也沒有什麼可以解除他的焦渴。他身上蓋著又乾又暖的帆布，一直睡到大天亮才醒來，因此即使下過露水，到他起來時也早已乾掉。他感到舌頭好像特別大，堵在嘴裡像一條塞得脹鼓鼓的香腸。在尋找藤壺做釣餌時，他發現了幾團像苔蘚似的東西，他連忙刮下來塞進嘴裡。但這發綠的玩意兒泡足了海水，只使他更渴。當他終於找到一只藤壺，他把肉吸得乾乾的才吐出來掛到魚鉤上。

他的空肚子痛得像抽筋一樣，而且疼痛一直擴散到肩膀上和脊椎的底部。他懷疑自己因爲吃生魚而肚裡長了蟲，也懷疑自己對水箱裡的水作了錯誤判斷，也許那水並沒有髒到不能喝？他也把掃帚星預示的災難理解錯了，以爲颱風就是這種災難。現在他懷疑，那是神對他的懲罰，因爲他太狂妄，以爲自己征服了大海。

潘濂蹲在甲板上，他感到烈日一直射透他的頭顱，全身沒有力氣，只好像個老頭兒一樣躬著腰，駝著背。他很想躺在井底裡，讓清涼的海水流過他瘦痛的肢體，舒展一下緊張的肌肉，也讓被魚絲磨破的手指舒服一下，井裡比較陰涼，身體的水份會蒸發得慢些……但他的腳和生殖器還未消腫，泡嫩的皮膚還會脹起來，身上的癤子也會愈泡愈嚴重。他嘴邊露出一絲苦笑：有什麼區別呢？天不下雨和釣不到魚都一樣，都是死路一條。

儘管他肚子在亂攪（他認爲是蟲子），但他最需要的不是食物，而是水。不管有沒有蟲子，反正半個月不吃東西他是挺得住的。但沒有水他能堅持多久呢？天氣雖然很熱，他卻排不出汗來。喉嚨乾得連口水都嚥不下去。在正常進食的情況下，他每天都有兩三次小便，但現在只有一次了。

一想到黃澄澄的尿落進大海裡，他饞得喉嚨都大了。閃閃爍爍的海水顯得那樣誘人，他不得不晃晃腦袋，排除它的引誘。喝海水意味著死亡，所有航海的人都懂得這一點，但喝尿呢……

據他回憶，他們從未討論過這個話題。

他搜索著自己的記憶。

他眼前波光粼粼的大海，彷彿變成了糞缸裡蠕動的蛆。村裡人把屎尿都倒進大缸裡，存起來當肥料灑在田裡，好讓貧瘠的土壤恢復地力。他還記得，自己第一次在糞桶旁看見裡面的蛆時是多麼害怕，但又覺得很得意，因爲他已被看作大人，可以用馬桶大小便了，所以他把恐懼壓了下去。

小娃娃和嬰兒太小，會掉進馬桶裡，因此都穿開檔褲，在哪兒都可以大小便，而飢餓的小狗會跑來吃他們的糞便，因爲沒別的東西可吃，而這些小狗往往都活不大。

難道小狗是因爲吃了糞便才死嗎？喝自己的尿會死嗎？那些小狗通常都可以活半年以上。但他並不是吃糞便，只不過喝一兩次自己的尿而已，直到能釣到魚，或天下雨，或有人來拯救他爲止。

他又想到當年被發配到海南島的囚犯。據說，由於老百姓反感，生活條件惡劣，這些人不是病死就是自殺而死，但也有一個人是例外。此人不像其他囚徒，他正視現實，強迫自己吃草根、嘗生肉。

潘濂感到小腹一陣抽搐，很想小便，但他忍著，就像當初忍著不吃生魚，直到全部乾糧吃光爲止。可昨天他吃藤壺了，早上他連苔蘚也往嘴裡塞，他記得他們村裡的麻瘋佬就是這樣，乞不到食物時便連泥和草都吃……

他把魚絲拉回來，希望那塊當釣餌的藤壺肉能留到下次用。他連釣餌都沒取下便把線繞起來，然後掙扎著站起來。他雙腿發麻，站不穩，只好抱住一根角柱，他很樂意能找個藉口拖延小便時間，但當腿和腳不再麻木，他又急躁起來，恨不得馬上小便。

終於，他跌跌撞撞爬到井裡，翻出一個空罐頭盒。他已沒勁繼續站立，於是坐在甲板邊沿，雙腳抵住井底，一隻手扶住甲板，另一隻手握著空罐頭盒。

但他就是尿不出來。

他腦中想著清澈的井水倒進水缸裡的嘩嘩聲，自來水龍頭的流水聲和瀑布的聲響，嘴巴因而更渴了。

他是否太緊張了？

還是太遲了呢？

一想到自己可能無法排尿，他更加著急了。他後悔自己過去不珍惜水，特別是經常把帆布蓬上大量的雨水順手倒掉，浪費了很多水。他也後悔自己沒在暴風雨來前把水箱裡的水喝光，更後悔自己不該匆匆忙忙把髒水倒掉……

一滴像露珠一樣亮晶晶的尿掉進罐頭盒裡。

「噓……」他學著母親誘嬰兒排尿時的做法，「噓……」

又是一滴。

這一滴滴搖搖晃晃掉下來的尿，引起了潘濂的回憶。父親曾給他講過一個故事：在古時兵荒馬亂的年代，有一家人躲進深山一個山洞裡，卻被一塊從山上滾下來的岩石堵在洞裡面。他們拼命挖了好幾天，但仍逃不出去，只好坐等救援，明知乾糧一旦吃完便只好等死。

一天，他們發現洞裡有隻烏龜，其實它一直都在那裡，但一動不動，所以他們曾以爲是塊石頭。他們很想知道烏龜是怎樣活下來的，便對它進行觀察。在以後幾天裡，他們看見烏龜時而慢慢伸出頭，時而又縮進去，經常伸出舌頭接住從岩石上滴下來的水。

這家人早已斷糧，其他希望都沒有了，只好學著烏龜的樣子。

八百年後，人們才發現他們。當巨石被推開，人們看到這家人依然活著！

這不過是故事，父親和鄉親們常講這種故事來激勵自己，使自己不致失去希望。潘濂沉浸在回憶中，對他來說，喝水和排尿已在不知不覺中變成一種統一的需要，到故事回憶完，他發現手中已握著半罐淺黃色、暖烘烘的液體。

第二十五章　並不怕死

潘濂的口臭使他根本聞不出，也嘗不到尿的味道。但他能感覺出每一小口都滲進他嘴唇乾裂的縫隙裡，溶化掉他唇上的鹽，然後滾進嘴巴裡，刺著他焦乾的舌頭，最後像一把利劍直插進他的喉嚨裡。

口水一點一點重新出現了，那種窒息感消失了。但他未能輕鬆多久。

他很快又口渴了，而且喉嚨裡火辣辣的感覺比原先還厲害。他覺得自己完全被吸乾了，全身發熱，很像吃了毒魚之後的感覺。是尿中的毒素開始在他體內發作嗎？還是因爲口渴和不出汗而感到更熱呢？

他把捆在折斷木槳上的旗子放進海水裡，用那片濕帆布蓋在臉上。但午後猛烈的陽光很快就把帆布曬乾了，每呼吸一下又變得很艱難，鼻腔和喉嚨都像著了火。他側身再把帆布浸進海水裡，但每轉動一次都要皺一下眉頭，因爲他皮包骨的身體被硬梆梆的帆布墊擦得很疼。

他的手重複著這幾個動作，腦子裡卻轉著相同的幾個問題：他肚子陣陣作痛是因爲有蟲子嗎？喝尿沒問題嗎？不喝行不行？他的體力一天不如一天，這樣下去，能把魚拉上來嗎？下雨的時候還有力氣收集雨水嗎？救援人員出現時他還有勁揮手呼救嗎？

疑慮，酷熱，乾渴，不停地用濕帆布降溫，這一切像磨盤一樣無情地碾壓著他，因此夜間終於起風時，他幾乎連把帆布蓋在身上的力氣都沒有了。

□

他正在撒網捕魚，但沒有捕到，於是跳到水裡去找。他靈巧地愈潛愈深，直到找到大海所有的魚——它們藏在一個用成千上萬條柳枝編成的大筐裡。一條身上有七個深色圓環的魚游到他身邊，爲他引路，並帶他到入口處。他得意洋洋，馬上便跟著魚兒進去了，等他想起這筐子原來是漁翁的陷阱時——只能進不能出——已經爲時太遲了。

□

一艘裝滿新鮮水果的木帆船駛到近處。他聽到小販正在向疍家婆①們推銷商品：「快來買呀！又大又甜的蜜桃！入嘴就化的大西瓜！」小販的長刀切開翠綠色的西瓜，紅色的、粘粘的西瓜汁頓時順著刀子流出來，流到砧板上，流進大海裡。

潘濂饞得直吞口水，划著木筏穿過一艘艘舢板和帆船，但來到小販那兒才發現，自己身無分文。

□

天上的血紅色漸漸淡化，變成淺色的橙紅，後來又轉變成蔚藍。雲在離木筏西面約一公里的地方匯聚。他從潮濕的空氣中聞出暴風雨即將來臨的氣息；感覺出清涼、潔淨的雨水正落在木筏上；聽到雨點正咚咚敲打著帆布篷和金屬水箱。

但當他睜開眼睛，映入眼簾的是滿天星斗和皎潔的月光，雲卻一絲也看不到。

死難船員們的亡魂把潘濂釘在一根竹竿上，往他的喉嚨裡灌滾燙的銅水；他捉過的那隻鳥又飛回來啄他的眼睛和舌頭；噹噹的鐘聲，忽然慢慢響起。氣溫漸高，血腥味和燒焦皮膚的臭味更難忍受。潘濂用手抓那隻鐘，想不讓它響，但它像火爐裡藍色的火苗，用手抓不到，卻能傷害人。

□

早上起來，潘濂的肚子一觸就痛，嘴裡又乾又臭，他那像老人一樣皺巴巴的皮膚，也變得更灰更黃，凡脫皮的地方都出現一道道裂口。他遍體鱗傷。手背、腫脹的腳和腳踝上都起了一片紅色的疹子。膿從破了的瘡癤裡流出來。

□

他曾欺騙大海，現在他身體一點點壞死正是報應。經過一夜不安穩的睡眠，他的體力稍稍恢復，但恐懼的心情又把這點體力消耗光，然而他內心裡某種內在的力量在促使他堅持下去，於是他重新把魚具拿下來，無力地靠在角柱上，把魚絲拋進海裡。他慶幸自己前一天沒把釣餌從魚鉤上拿下來。

他閉上眼睛，思念著過去釣魚給他帶來的樂趣和寧靜，甚至帶來生理上的舒適和精神上的滿足。那時他相信自己是木筏的主人，是命運的主宰者。現在當水盡糧絕，身體正痛苦地、明顯地枯朽下去時，他才意識到那不過是假象。根本不存在什麼主宰者，人逃脫不出命運的循環往覆，今生的苦難，不過是對前世作惡的報應。

根據和尚的說法，殺生過多的人，來世一定病魔纏身；使幼畜與母畜分離的人，將以家破人亡、妻離子散而告終。和尚會怎樣解釋他潘濂眼前所受的苦難呢？他前世做了什麼錯事？難道他做的那個關於船上同伴們的惡夢是眞事？由於他們都死掉了，而他潘濂卻仍活著，因而他們果眞變成了復仇的惡魔。

他並不怕死。人總有一天會死，他相信自己從小聽到的道理：生並非開始，死也不是結束。但如果現在死掉，連個追念自己亡魂的後代都沒有，他現在忍飢受渴的苦日子將世代相傳，這是他無法接受的。

潘濂鬍鬚和頭髮上凝結的鹽霜使他發癢，他用手抓抓兩腮和頭皮，鹽粉和魚鱗似的皮屑頓時落滿了他的手臂，撒在他瘦削的胸脯和大腳上。

這是壞死的皮。

死亡的先兆……

待在那另一條木筏上的人死了嗎？他們已經獲救，還是漂到了某片陸地上，五個人在一起遇到他當前的困境，會怎樣表現呢？互相殘殺嗎？抽簽？把他們當中最弱的人殺掉，分吃他的肉，分喝他的血？

幾朵零散的浮雲在高空飄蕩，它們就像他的思緒一樣懶散，漫無目的。潘濂蹙起眉頭舉目凝視，並暗暗對自己說：如果離得較近的三朵雲飄到一起，變成一朵大雲，天就會下雨。他要用意志迫使它們服從。

眩目的陽光迫使他閉上了眼睛，須臾間他又奇妙地回到了家鄉的市集，那是節日期間，他在大街上漫步，攤檔上飄來油炸豆腐、熱湯麵等各種食品的香味。潘濂已餓得顧不上禮貌，不等人家拿，他便把手伸進湯裡抓麵條。但那把麵條從他的指縫間滑跑了，他大喊大叫，發洩出自己的失望和怨恨，一下便驚醒了。

他正好來得及把滑跑的魚絲抓回來，差一點它便從他手中脫落，掉入大海裡。他把魚絲和魚鉤拽回甲板上，緊緊抱在胸前。剛才差一點發生，而現在仍有可能發生的事把他驚呆了，他頭昏目眩，既恐懼又欣慰。驚魂稍定，潘濂便試圖思考。然而，令人窒息的高溫，餓得亂翻的肚子，以及被乾渴堵住的喉嚨，把他的理智扼殺了。

他掙扎著坐起來，想讓自己排尿。但它來得十分緩慢，經過幾次長長的間歇才擠出幾滴來，而且顏色比昨天的深，也更濃，更少。那刺鼻、發燙的液體又一次燒灼他乾裂的嘴唇，但起碼在短暫的一會兒，它沖破了他嘴巴和喉嚨裡蜘蛛網似的東西，緩和了他的乾渴，平息了肚子的抽搐。

他又把魚絲拋進海裡。雖然他無法制止手指的顫抖，他無法控制四肢突然的痙攣，但剛才險些丟掉魚鉤的事實令他猛然醒悟。他很清楚自己根本無力再取出一顆釘子。這一切都促使他集中注意力，起碼在一段時間裡。但隨著太陽升高，氣溫更熱，悶熱的空氣就像沉重的棺材板，壓得他透不過氣來，他的思想又開始游蕩了。

潘濂以最大的毅力，強迫自己開始從零數起，他暗自向自己保證，如果能數到一百，就一定會有飛機飛來。但數字總是不聽他指揮，跳來跳去，最後亂成一團，他根本記不清自己數到哪裡，或應從哪個數字開始。

他又想了一種更容易見效的辦法：如果他能不停地搖晃魚絲，不讓它垂著不動，魚兒就會游來上鉤。但他的手指不聽使喚，總是把魚絲纏在一起，他愈想解開，魚絲就亂得更厲害。

過去釣魚，潘濂從不把魚絲縛在木筏的角柱上，怕大魚一旦上鉤會把它拉斷。現在他卻覺得，如果不這樣做，他很可能把魚絲和魚鉤都掉到海裡，因此在拋出鉤子之前他就把魚絲的一頭捆在角柱上。

□

在上次暴風雨之前，潘濂常常要提醒、甚至強迫自己吃東西。現在他已經五天沒有吃了。他腦子想的全是這件事，眼前不斷出現各種食物：節日才吃的美味佳肴，他去過的國家的風味小吃，甚至船上的伙食都在眼前飄蕩，各種各樣食品的香氣和味道，弄得他不得安寧。

他把貯物箱裡的爛魚泥翻出來，企圖從中找出一點能吃的東西，來緩和一下飢餓的腸肚。雖然從一開始他就不曾寄托希望，但當他什麼也找不出時，失望的情緒仍深深刺激了他。

他把捆在角柱上的魚絲晃動幾下，透過一圈圈漣漪，他彷彿看到了沉船的屍骸。它們裝滿從以色列海法港運來的橙子，又香又熟的香蕉，嫩嫩的肉類和多得像瀑布一樣的糧食。幽靈飛行員彷彿在空中寫出字體，向他作出保證：只要他遵照指示去做，他們就來救他。一個聲音向他輕輕讀出那些字體：「游吧。你游吧，可以游到陸地上去的。」那聲音漸漸變大，漸漸逼人。他很想照辦。

魚絲突然一動，把他從夢中驚醒。魚終於上鉤了！他開始把魚絲慢慢往回拉，但覺得末端沒有份量。即使釣條小魚也比沒有魚好呀。小魚的骨頭裡不會有多少汁液，但他可以把魚肉嚼爛，擠出些汁來；魚的內臟裡也會有水份的。

然而鉤子上根本沒有魚。

釣餌也沒有了。

他壓抑住失望的心情，把自己從木筏的一邊拖到另一邊，尋找一隻自己伸手能剝得下來的藤壺，或任何能夠引誘魚上鉤的東西，但他什麼也沒找到。他只好集中全部精力晃動魚絲，用計謀代替誘餌。但沒有魚游近他的空鉤子。他懷疑自己仍在那片無魚海域裡漂蕩，但也許藤壺肉是因爲太乾癟才從鉤子上脫落的呢？

他的牙齒蒙上了一層白，嘴唇乾裂，舌頭也破了，牙肉已開始腐爛。他懷疑這是因爲喝尿的緣故。其實他遲遲不願喝，希望天會下雨，或能釣到魚。下午那段最熱的時間他已熬過來，但他不能再忍受了。

他沒有力氣把身體從角柱旁移開，只好向前挪一挪，把雙腳垂到木筏外。爲了安全，他用一隻胳膊抱住角柱，用另一隻手拿住接尿的罐子。

幾滴尿緩慢而痛苦地落進罐子裡。

他渴得無法再等，將那濃濃的、顏色很深的尿一口喝了下去，然後呆望著大海，等待自己排出更多的尿液。

海水拍打著木筏，輕輕舔著他的腳趾，節奏和諧的漣漪溫柔地向他召喚，催促他快投身到柔軟的波浪中，躺在它們的懷抱裡，接受它們的撫慰。他被波浪柔和、怡情的擺動迷住了，手中的罐子竟一下滑進大海裡，投進海水熱情的懷抱中。

他眞想爲大海奪去的那點尿痛哭，但他已經沒有眼淚了。他拿起另一個罐子，半蹲半坐著焦急地等待自己再排尿。

手累了，罐子從一隻手換到另一隻手上，然後又再換回來。

他低聲哄著，哼著。但總是沒有尿。

他驚慌地抬起頭，在天上尋找雨雲，但找不到。四周既不見輪船和飛機，也不見陸地的影子。

□

夜晚，月亮裡的玉兔磨了很多麵粉。白白的粉末從天上飄下來，變成一束束月光。母親答應把它們煮成麵條，慶祝他勝利歸來。但爲什麼他最需要的時候她遲遲不拿來呢。飢餓和乾渴，在他思緒的海洋中撕開了一個個黑色的大洞。星星跳進他的淚水中，並燃燒成一道道狂亂的光束，它們發出絲絲聲向前燒去，直到化爲烏有。如果他不趕快找東西充飢，他也會化爲烏有的。

母親指著一個陶罐，裡面關著一隻黃蜂和一隻金龜子，黃蜂扯下金龜子一條腿，並遞還給它。金龜子拿過來把它吃了。難道母親在示意他照辦嗎？

唯一能吃的東西是他自己，於是他從大腿上鋸下一塊肉。鐵片做的刀子很鈍，但他並不感到痛苦。雖然沒有火把它燒熟，但那肉吃起來很香。

他慢慢地嚼著，品味著流進喉嚨裡的血和汁。但一塊不足以塡飽肚子，因此他又割下第二塊。然後第三塊……

直到他把自己全吃光。

然而他仍然沒吃飽……

□

母親曾說，天上每一顆星星都代表著世上一個人。大星代表大人物，小星代表普通老百姓。大人物死了，代表他的星星就會變成流星掉到人世間。但普通人死了，代表他們的星星只是不知不覺地熄滅，就像黎明前星星從天上消失一樣。這些星星中是否有一顆代表他呢？

潘濂已氣息奄奄，他望著天空出現一道道粉紅色的光帶，它們漸漸轉變成黃色，紅色，最後完全變成藍色。連最後一顆星星都消失了。他卻還在。但他活著嗎。

他四肢麻木，無法離開甲板。雖然他知道金屬箱上若凝結了露水，很快就會蒸發掉，但他動彈不了。他感到口內黏稠稠的，有一股潮味。他使勁一吮，嘗出是血的味道。是他的牙齒鬆了，牙床出血。他試圖吞口水，但一嚥就痛得很厲害，而且攪得他肚裡的蟲又活躍起來。即使躺著不動，他也能感到它們在啃他的肉，就像海南的白蟻啃家具一樣，人們聽不見，看不著，但它們毫不留情，直到好端端的物體最後剩下幾片破木頭。

他呻吟著，把身體拖到甲板的另一邊，來到閃著露珠的水箱旁，他無力地舔著，但舌頭觸到那點潮濕。卻使他更加口渴。他無力地倒在角柱旁，嘴巴像一條被拋到岸上的魚，一張一合地喘息著。

潘濂這時清晰地看見父親竹籃裡的魚在蹦跳，那情景真切得宛如它們近在他身旁。魚的眼睛已經呆滯，血從它們小小的牙齒縫裡流出來，但它們仍頑強地掙扎著，它們的小嘴一張一合，頻率越來越慢，直到完全斷氣……

他看看自己大腿上的膿瘡，左腳跟上的鹹水癤子，手臂上化膿的傷口，還有肘部另一個膿瘡。如果不把膿擠掉，清理傷口，毒素一定會要他的命的，就像飢餓能殺人一樣。

他舉起手從角柱上取下刀子，手卻抖得像深秋的樹葉。他怎能信得過這雙手呢？但又怎能不信呢？需要與恐懼使他不知所措，剎那間，他不禁羨慕起在沉船中死去的同伴。

□

太陽把無數金色利箭射到海上。潘濂閉上眼睛，以抵抗無情的光焰，他躺在甲板上的帆布褥墊上，側耳細聽木筏下面魚兒出沒的聲音，注意觀察纏在手上的魚絲的動靜。但他能聽到的只是那些不能喝的海水的擊拍聲，和自己肚裡憋著的氣體的咕咕聲。

下午漫長、單調的時光在持續。太陽一寸一寸爬向地平線，一天又慢慢、慢慢地拉上帷幕。深紅色的太陽沈入海底，把他囚入一片像墳墓一般可怕而又嚴酷的黑暗之中。潘濂狠狠捏了自己一把，正如他期待的那樣，一陣痛楚穿過他凹陷的皮肉，一直傳到他僵硬的關節。原來裹住關節那胖胖的肉不過是假象，那不過是浮腫。他痛得輕輕叫起來，抱住捏疼的地方。現在疼痛已成爲他抵抗睡眠的唯一武器，如果他想戰勝死亡，就必須與困倦作鬥爭，他淸楚地知道，一旦向睡眠投降，便永遠醒不來。到那時，他的屍骨將曬成像他用來裝飾木筏的魚骨一樣，白煞煞的，他的生命將與周圍閃爍的磷光毫無區別，只發出短暫的光芒，一旦白晝出現，便會消失在一片強光之中。

巨痛終於消退，變成他熟悉的隱痛。潘濂乾裂的嘴唇想咧開來打哈欠，但他忍住了。

要設法說話，唱歌，發出某種聲音來制止自己入睡。但他發不出聲來。極度的疲勞使他再也無睜開眼睛，剎那間他似乎又變成了小孩，正在看母親用父親從海上帶回來的一籃蝦做蝦醬。她把活蝦放進一只大罐內，再撒上適量的鹽，使它不發臭，蝦便在罐內自行分解，互相毀滅，直到變成一團淡紫色的物質。

又鹹又冷的夜風把他吹醒，使他又回到木筏上。一輪明月已在夜空中升起，使大海浴在一片慘淡的白光中。星星像許多燃燒的太陽在天上狂舞，而最亮、火焰最烈的星星卻在他的頭腦裡閃爍。他感到有件又黑又乾的東西從臉頰上擦過。難道是來把他帶過死亡之河的大鶴嗎？

他又用虛弱的手指擰了一下身體，讓自己再次產生痛感——這是他仍活著的證據。他聽到一聲像嬰兒哭叫似的喊聲。他莫名其妙地用手碰碰嘴唇。突然他又感到有爪子踩在自己的腳面上。難道是那隻「單眼」雞來算舊帳，埋怨自己把它吃掉嗎？

他還記得那煮熟的雞肉是多麼香，啃雞骨頭的聲音是多麼誘人。他是流著眼淚吃下母親給他挑選的那塊雞肉的。

「我那時還小呀……」他想說，但沒有聲音從他張開的嘴巴裡發出來。他又感到肩膀被啄了一下。他猛地伸出手去，碰到了羽毛和撲搧的翅膀。接著又是一聲劃破夜空的刺耳尖叫。

他覺得自己看見一隻又黑又小的鳥在頭頂上盤旋，鳥翼在月光下一閃一閃的。是喜鵲嗎？是飛來爲他和未婚妻搭橋的喜鵲？

月光在海面上灑下一片光斑，照出一個飄忽不定的白色鬼影。喜鵲可是黑色的啊！就像這隻輕輕地降落在木筏上、離他不到三十公分的鳥。

那鳥好奇地看看潘濂，向他跳近一點。潘濂也看清了它是什麼——他生存的希望。

他不敢動手抓它，要等到有絕對成功的把握。

但又不敢久等，怕它會飛走。

終於，他集中全部精力不讓自己的手發抖，然後伸出手去。他已餓得全身發顫，恨不得把鳥連毛帶爪子一起塞進嘴巴裡。

鳥兒兩隻又粗又瘦的腿他都抓住了！

它掙扎著，叫喊著，瘋狂地亂啄亂咬。但它太小，連潘濂那點可憐的力氣都能把它制服。潘濂抓住它的雙翼，用力往下甩，把它的頭砸在甲板上。

一次，二次，三次。

他先聽到骨頭折斷的咯咯聲，後來又變成沉悶的砰砰聲。

潘濂喘著粗氣；海水在嘩嘩作響；不知是眞還是假，他覺得鳥兒的翅膀似乎還在動。他呆呆地凝視了它一會兒，望著原先是鳥頭，現在成爲一堆肉醬的東西。隨即他拿出刀子，在鳥脖子下面靠近胸脯的地方切下去，他摸到鳥的身體還是暖烘烘的。

他把鳥像杯子一樣舉到乾裂的唇邊，對著切口用盡力氣吸，同時用手擠，一線細細的血水慢慢流進他乾枯的喉嚨裡。血水慢慢變稠，像痰一樣黏住他的舌頭和喉嚨。他品嘗著它的味道：鮮甜得像豬肝一樣。

鳥血刺激了他的胃口，他揪下一把羽毛，一口咬了下去。但他的牙齒又鬆又疲，連鳥皮都咬不動。他又翻出刀子，在鳥身上切開一個放得進兩個指頭的洞口，然後把內臟拉出來。他先把鳥腸子裡還未消化完的食物連同糞便一起擠進嘴裡，像沒牙的老頭兒一樣嘬著，嘸了幾口之後就休息一會兒，甚至打一會兒盹兒，接著又把鳥的心、肝和腎切成能直接吞下去的小塊塊。

歇息了一陣之後，他用刀子去掉一點鳥皮，割上一小塊肉，一直到只剩下骨頭。就這樣，他慢慢用牙齒嚼著，累了便休息，歇完再切，再嚼，一點一點吃著鳥肉。

月亮已快落到海平線上，他已睏得撐不起眼皮。他自己的牙血已和鳥血混在一起，牙床又瘦又累，但這血的味道和瘦痛感令他感到開心，幾乎就像酒色之徒作樂後的美妙感。他繼續啃著鳥肉，嘬著骨頭裡的骨髓，直到只剩下羽毛、鳥皮和一堆空心的碎骨頭。

譯註①廣東方言，即水上人家的婦女。

第二十六章　吃鳥或吃魚

第二天早晨，潘濂用鳥皮的碎片作釣餌，懷著新希望把線抛進海裡。前一兩天，他曾有過說胡話的時候，他以爲自己要死，以爲自己正在經歷下地獄的過程。現在他認爲，那很可能是神對他的考驗，只是他沒意識到，或不理解罷了。

過去父親在鄉下教武術時，每到一地都要先和當地的教頭比武，只有打贏了才被認爲有眞本事，得到在當地收弟子的權利。這隻鳥的出現，是否表示他已順利通過考驗呢？還是神對他的諒解？

母親一向認爲「上天不會抛棄受難人」。爲了證明自己的看法，或者說爲了說服她自己，母親常常講龍王攔住海水救人的故事，或天女補天洞，制止洪水淹沒人間的故事。這隻鳥無緣無故飛來，難道是說明神即使有時生氣，有時反覆無常或有所疏忽，但從來沒有壞心嗎？他能活下來，也許是因爲神分給他的壽命還沒用完吧！

他無法爲這個新謎找到答案，正如同他不知道自己掉下木筏後，是怎樣浮上水面，又怎樣游回木筏上。但他深信，鳥的出現也和那次落水事件一樣，是一個轉折點。

彷彿爲了證實他的想法，臨近中午時下起了小雨，然而幾乎在開始下雨的同時，太陽已從薄薄的雲端裡照射出來，使他沒有時間洗刷帆布篷，更沒有可能儲存淡水。其實他也沒有力氣做這兩件事。帆布篷下面匯集雨水的地方只接到很少一點水，要把帆布提起來才能倒滿一杓，他喝下去的幾小口又髒又鹹。儘管如此，水依然清洗了他的口和喉嚨，給了他新的信心。那天雖然沒有釣到魚，但他相信天還會下雨，也還會有更多的鳥飛來。

□

天空從金黃色變成一片耀眼的血紅，潘濂望著紅色的光焰反射在水面上，成爲無數跳躍的光點，重溫著又稠又熱的鳥血流進喉嚨時的愉快，以及從骨頭上撕下鳥肉時的滿足。他禁不住抬頭在絢麗的天空中尋找黑點——飛鳥的影子。

他想蹲起來做好抓鳥的準備，但雙腿無力，堅持不了多長時間。於是他半跪半坐靠在角杜上，心情緊張得像個拉緊的彈簧。他覺得自己很像一幅他看過的畫，畫中的男人是囚徒，被迫用腳尖踮在一根削利的樁子後面，如果保持這個姿勢，他可以平安無事，但稍微一鬆弛，尖利的樁子便會刺穿他的喉嚨。

潘濂警覺起來，擔心自己樂觀得太早。與其說鳥緩和了他的痛苦，不如說它們是一種新的、最微妙的折磨。他殺死的鳥所發出的慘叫聲，很可能把其他鳥都嚇跑了。或者，他吃掉的是唯一的一隻……

水與天又暗下來了，星星從天宇的各個角落跳出來，發射出微弱的光。磷光在紫黑色的水面上跳躍。但雲擋住了正在升起的月亮，因此即使有鳥，潘濂也看不見。

磷光散開，隨即又聚攏。

星星縮回去，但不久就亮起來。

黑影貼著水面在起舞。

他蹲起來，發現腳已經痳木，他很不耐煩地按摩著。這時忽然傳來翅膀飛過的撲撲聲，他還隱約感到有物體在水中撲騰。他顧不上雙腿依然發痳，勉強蹲伏著，眼睛來回在海面和空中搜索。

羽毛在沙沙作響。

他穩住身體，定神傾聽從對對甲板上傳來的腳步聲，然後慢慢抬頭凝視。除非絕對必要，否則他連動都不敢動。月亮依然被雲擋住，因此他只能看到帆布篷白煞煞的影子，但鳥啄帆布的嗒嗒聲聽得很清晰。

幸虧雲把月亮遮住了。他用手扶住甲板，使自己保持平衡，同時在黑暗的掩護下稍稍再轉動身體，終於看見兩個一閃而過的白影子。難道飛來不止一隻鳥？

如果不是鳥的頭部和尾部有白點（他分不清哪兒是頭，哪兒是尾），他是絕對發現不了它的。即使現在，如果不是確實聽到鳥嘴嗒嗒的啄食聲，他會感到這純粹是幻覺。鳥兒是否也看見他了呢？要抓到這鳥，他必須完全轉過身來，他左思右想，不知能否做到慢慢地、不被覺察地轉動身體。

突然，嗒嗒的啄食聲變成了吱吱喳喳的吵鬧聲，原來真的不只一隻鳥！白影子在擺動，突然展翅飛起來。潘濂本能地向著展翅的鳥撲過去，但一下倒在甲板上，一條腿踩進井裡。黑夜的沉寂被鳥的尖叫聲和翅膀的擊拍聲打破了。但他感到胸膛下面壓著羽尾，還有尖尖的鳥嘴巴。

□

潘濂抓到的兩隻鳥與過去飛來的不同，看來又小又弱，在遠離陸地的公海上很難生存。因此第二天，他一邊釣魚，一邊觀察木筏兩邊的海平線。但他沒找到陸地，也沒有釣到魚。他失望地打起盹來，夢見自己又變成一個偎在母親懷抱中的嬰兒。

母親用溫水浸濕的布替他擦洗額頭和臉頰。水滋潤了他的眼睛，鼻子和嘴唇，他快樂得哇哇直叫。母親又把布浸濕，讓水流進他的耳朵和鼻孔裡，開始是涓涓細流，後來竟潑倒下來，使他無法呼吸。

他咳嗽著用手抹水，掙扎著想暢快地呼吸。終於他醒來，發現自己被大雨淋著，雨正往他的眼睛、鼻孔和嘴巴裡灌。他身體太虛弱，不敢爬到甲板上洗刷帆布篷。但雨很大，似乎可以沖掉帆布上大部分鹽和塵土。他跪在井裡，用手托起帆布上匯集雨水的地方，讓水流出去，每積滿一次他便托一次，一共潑掉了三次。然後他從邊上爬過去，把頭伸進水裡拼命喝起來。水甜極了。但他肚子受不了這突如其來的享受，水又被嘔吐出來了。他嚇得不敢再喝。但他迅速清洗水箱，並把匯集的雨水舀進去。他艱難地在帆布篷和水箱之間走來走去。雨水打在他身上，從他凹陷的臉頰上流下來，清洗著他的傷口。

那天晚上沒有鳥飛來。然而翌日清晨當他抛線釣魚時，發現自己又回到魚群出沒的海域。雖然他用的是小魚鉤，釣上來的魚還不到一磅重，但只釣了兩條，他就感到非常疲勞。

嘗過鳥肉之後再來吃魚，簡直像吃小灶，魚既容易切，又容易咬；內臟的味道非常鮮美；棕色小魚魚鰭下的紅肉吃起來就像鮮嫩的牛肉。但剛才嘔吐的事告訴他，他乾癟的肚子只能接受少量食物，因此他只吃了一條魚，另一條掛起來曬乾。

□

魚群重新出現，天又開始下雨，這兩件事使他高度緊張的心情得以放鬆。他睡得很香，時間很長，食量和喝水量都大大增加了。幾天後，他的手已穩健得可以把長膿的瘡癤挑破。但切開外面一層厚皮，擠掉裡面的膿，再剔除那些爛肉實在令他厭煩，他不得不承認，自己完全恢復健康所需要的時間，可能比垮下來要長得多。

他慢慢地、一點一點地把木筏清洗了一遍。最重要的工作是刮掉刀子、魚鉤和舀水罐子上的鐵銹，還有整理釣魚絲，因此他要先做這幾件事。平時他是用零碎時間去完成這些簡單勞動的。但現在他得花整整一個下午。光把暴風雨颳斷或掉下來的繩子拾起來，就用去一天時間；把它們重新編好並掛起來，又花掉三天。但幹活兒可以使他不胡思亂想，而且隨著時間的推移，他幹的活兒愈來愈多了。

他的傷口逐一癒合，瘡癤和疹子沒有了。關節處的浮腫也消腫了。他的體力已恢復到可以用大鉤子釣魚，而且一個晚上就可以捉到三、四隻鳥。幾乎每天下雨，因此水箱裡的儲備很充足。有了足夠的食物和水，他又重新出汗和排泄了，他不再像個皮包骨的死人，自己也沒有行屍走肉的感覺。

他把貯物箱洗乾淨，清理好隔間並把它們打開通通風，然後重新搭好帆布篷。木筏上那股腐爛的臭味沒有了，一切幾乎又恢復到先前的老樣子。陽光和鹽已使木筏變成白色，由於他的走動，以及風吹浪打，木筏上的板條除掉有水箱鑰匙敲打過的痕跡外，已經磨得相當光滑。板條上的釘子銹成棕紅色，彷彿被香菸頭燒灼過似的；帆布篷上已留下了一道道褐色的水跡。

潘濂對木筏上的日日夜夜是那樣熟悉：白天在太陽下煎熬，晚上在寒風中露宿，下雨被淋得半死，時刻在危險中掙扎，釣魚，吃魚，不停地尋找食物……他幾乎已忘掉不在木筏上生活時的情形。雖然他始終堅信，自己有朝一日一定會回家與父母團聚，與未婚妻結婚，但記憶中的往事顯得那樣久遠而不重要，未來對他來說，更是遙遠而不眞實。

他現在曬魚乾只是爲了儲備，工作量少了，空閑時間增加了。爲了自尋樂趣，他想出各種不同的抓鳥方法，這些鳥似乎飛很長時間都不會疲勞，還可以毫不費勁地用它們帶蹼的小腳在波浪上行走，但在甲板上，它們非靠翅膀的幫助不能走動，因此潘濂追逐鳥兒，和它們嬉戲，最後才抓住它們的腿。有時他又試著用魚絲「釣鳥」：把掛著誘餌的鉤子拋到鳥漂浮的水面上，這些鳥喜歡尋找水中那些肉眼看不見的浮游生物來吃。

他還在食物方面進行更大膽的嘗試。在尋找骨髓時他偶然發現，許多鳥骨頭都是空心的。當他好奇地扯開一副鳥的骨架時，又發現翅膀上的空心骨頭一直連著鳥肺，使骨頭能夠充滿氣體。他便用這些空心骨頭做吸管，吸掉魚腦周圍那點清淸的汁液，並假裝自己在喝蛋白。他還把魚眼睛放進嘴裡嚼，像嚼糖塊似的。有時他在魚鰾後面發現一些黃色顆粒，吃起來像魚卵。

現在食品的種類多了，他選擇的餘地大了：有很耐咀嚼的腎臟、鬆軟的肝臟、骨髓、脂肪很厚的皮、香甜的腦子，鳥血和魚骨內的汁液等，不同味道和質地的食品給他提供了更多的樂趣。鳥兒的嬉戲又給他提供了消遣。然而暴風雨後，他感到周圍的世界似乎更加慘淡、孤獨和可怕了。因爲他意識到，自己猶如一隻被拖離巢穴、關進籠子裡的動物，再也不會成爲外面世界的一份子，永遠要聽從主人的支配。

第二十七章 目測木筏與海岸的距離

一連四天下大雨，但沒有風，一點小風都沒有，只是一個勁兒下雨，即一個月前潘濂盼望過的那種雨：持久，平穩。

整天泡在水裡使他的皮膚變得很嫩，他覺得自己像塊吸滿了水的海綿。全身骨頭發疼，關節、腳和生殖器都腫了；腿部有一種麻木感；氣溫雖高，他卻感到渾身寒涼。

後來，雨終於小了，每天黎明又是陽光普照，但臨近中午，雲又開始匯聚，一到下午常常又下起傾盆大雨，有時甚至還伴著風暴。即使不下雨，空氣中也彌漫著水氣。他的皮膚不再發皺，浮腫也消了，但用來盛接雨水的帆布篷無法恢復原狀，它冒出一股霉爛的氣味，不知什麼時候就會完全爛掉。

潘濂不再把釣來的魚切成片，因爲不等曬乾，魚肉就會完全腐爛掉。而且鳥很多，用不著在繩子上掛東西吸引它們，它們自己也會飛來的。魚很容易釣到，沒有必要儲備。雨水多得用不完，一會兒就能把水箱裝滿。

他懷念有活兒幹的那些日子。現在，上午還容易打發，他可以釣魚、磨刀子、磨魚鈎上的鐵銹等，晚上睡覺前還有鳥來作伴，但下午漫長得難以忍受。

他只能抱著腿坐在甲板上，下巴放在膝蓋上，咬咬嘴唇，扯扯頭髮和鬍鬚，凝視大海和天空。他記得家鄉有一種人專門替別人看莊稼，他們不分白天黑夜，蹲在小茅棚前，望著稻浪起伏的田野，每一個小動靜和每一點聲音，都會引起他們的警覺，提防侵入者。潘濂現在也以同樣的敏銳注視著、傾聽著，尋找最微小的變化：月光下閃光的物體；水面上飛過的昆蟲，他們的行動像夜間的鳥一樣自如；水中出現的小蝦和小蟹等。但他所期待的「入侵者」沒有出現。有一天，他從海裡撈起一隻半腐爛的死鳥，他不禁聯想到自己：也許有朝一日人家也會這樣撈起他的屍體呢！

□

潘濂躺在乾燥、溫暖的帆布墊裡，看著從海平線上冒出的光束。它們像探照燈一樣明亮，粉紅色的光照出一個像塵埃般大小的黑暗。是夜間飛來的鳥在黎明時飛走嗎？或是白天的鳥剛飛來覓食？小黑影突然消失在黑暗中，隨即又在另一束光線裡出現，然後隨著紅光散向四面八方，把東面整個天空和海洋變成一片血紅色，黑影卻完全消失了。幾乎就在同一時刻，太陽從遠處的浪峰上冒了出來，頓時，紅色變成橙紅，然後再燃燒成一片銅黃，把黎明前的寒意完全驅走；同時向潘濂示意：一天的工作開始了。

他把帆布墊鋪開來曬，然後探身到木筏外面，用水洗掉眼中的睡意。他注意到，儘管自己臉朝西，水面卻泛著紅光。他奇怪地抬頭看看天空，但在一片金光中根本找不到一絲紅色。他又用目光搜索四邊的海洋，從近處往遠處望。水中的紅顏色很淡，但很清晰，而且一直延伸到肉眼能看到的地方，水面還漂著一些東西。難道是沉船的碎片？

潘濂的脈搏跳得更快了。遠處可能有人，也許水下有潛艇，是救援人員來了。他把手伸進水裡撥弄海水。他記得貝洛蒙號被擊沉那天，水面上曾覆蓋著一層黑油。水中的破碎物會是過去某艘沈船遺下的屍骸嗎？也許水面上那片奇怪的紅色是飛機丟下來的顏料，用來標誌遇難船隻的位置吧？他把手從水中抽回來，在肚皮和大腿上擦一擦。他那滿身污垢、深褐色的皮膚頓時被水抹得閃閃發光，但水蒸發乾後，皮膚上並沒有留下油跡。

他靈機一動，拿起繫著大鉤子的魚絲，瞄準漂在幾公尺外的一團黑東西往外拋。第一次他用力太小，第二次又沒鉤住，第三次鉤子終於掛住了。但一拉又掉了下來。他瞇起眼睛，盤算著早晨這股小風的阻力和木筏離那物體的距離，然後再次拋出去。

鉤子正好落在那東西的中間，他拉了一下，但拉不動，潘濂已感到那東西的重量，他嘴邊泛出一絲笑容：他知道鉤子掛住了。但隨著繩子繃緊，他的笑容消失了。這樣幹很可能會拉斷魚絲，把鉤子丟掉的。他迅速放線，然後小心翼翼不讓繩子受到額外壓力，慢慢往回拉。

原來是樹根，不是沉船的碎片。他費勁地把它拉到木筏旁，然後拽到甲板上，心裡猛烈跳著。從樹根上長滿藤壺和腐爛的程度判斷，它在海上漂的時間可能和他一樣長。他無法壓抑心中湧起的新希望的火花。隨即，他將一個空罐子沉入海裡，吊上來滿滿一罐海水。經過沉澱，海水在罐底留下一層棕黃色的物體——淤泥。他欣喜若狂。一定是離某條河流不遠了。離陸地不遠了！

□

到下午較晚時，海水的顏色變成一種渾濁的褐色。他看到有更多的浮木漂過去，還撈起一串海草，上面長著一些硬硬的小果實，其味又鹹又澀。他仔細觀察海平線，覺得遠處雲彩下面有條深色的線，很可能是陸地。但他還來不及進一步觀察，天就斷斷續續下起了小雨，後來天黑了，便什麼都看不見了。

他興奮得無法入睡，凝視著灑滿月光的黑夜。雨後空氣十分清新，星星也格外明亮。磷光在海面和天空中閃爍，使海洋彷彿成了陸地，而分隔牛郎、織女的天河也放出光芒。一股激情湧上潘濂的心頭，他多麼盼望見到自己的父母和未婚妻啊！

他終於睡著了，在夢中他又回到了家鄉。這夢是如此逼眞，以致他醒來發現自己還在海上漂泊時竟感到萬分驚異。微風吹來，把絲絨般的空氣拂動了，也吹燃了昨天太陽留下的火種：東方海平線上冒出一股股小小的火焰，它們投射出的玫瑰色光芒把雲切成碎片，他相信在這片雲彩的背後一定藏著陸地。他無法控制自己的情緒，舉起拳頭向著蒼天揮動，希望火紅的太陽也快快升起。

終於，當最後一絲薄雲消失後，天邊展露出一條金黃色的帶子：一片長長的、低窪的沙灘。他蹲起來目不轉睛盯著它，直到肌肉抽緊，眼球好似著了火，使那條金帶子變得模糊，但他一動也不敢動，唯恐它從眼前完全消失。

天上掠過幾個黑影，就像他昨天早上見到的那些。他數了一下：總共三個，這時才忽然意識到它們不是飛鳥，而是飛機。是海岸巡邏機？飛行員根本不可能在一片渾濁的海水中分辨出褐色的木筏和灰濛濛的帆布篷。不過，那個丟下顏料的飛行員是看到了他的旗子的，而這面旗子現在還比較乾淨，比較白。潘濂的心怦怦猛跳起來，他馬上跑到井裡，翻出旗子，然後探身到木筏外面拼命揮舞。其實，這時飛機還在地平線上很遠的地方，正掠過那條金色的沙帶。

但忽然，連最後一架飛機都不見了。

太陽一出來，那沙灘也在一片耀眼的光芒中消失了。

不過，潘濂似乎覺得，他釣到的魚的樣子和味道都像淡水魚，波浪的起伏規律也不像大海；他似乎聽到碎浪拍擊海岸時發出的聲音，聞到樹木、草和泥土的氣味。

浮木、樹皮和一塊軟木塞漂到木筏旁。接近黃昏時，木筏還撞在一棵帶根的樹上，樹葉還是青青的。一切都說明陸地已經不遠了。但那片沙灘依然沒有踪影，它像神話中時隱時現的荒島，自由漂泊，人們能聽見它誘人的歌聲，看見它閃光的沙粒，聞到和嘗到它仙草的香味，卻永遠無法接近它、觸摸它。

□

在那天晚上飛來的鳥中，有一隻是腳上沒有蹼的陸地鳥。潘濂用眼睛跟踪它，因爲它必然飛往有陸地的地方，但那隻鳥落在角柱間的繩子上，毫無飛走的意思。

潘濂蹲得雙腿發麻，儘管他希望那隻鳥飛走，他卻不敢驚動它，怕因而倒霉。鳥兒終於飛到甲板上，潘濂屏住氣看著它東啄啄，西碰碰，在甲板上跳來跳去。後來它一搧翅膀便起飛了。他轉身過來用目光跟踪它飛翔的路線——向月亮的方向飛。他發現，月光映出幾條黑影。是樹枝。

月亮和樹枝都顯得很不眞實，又扁又平，一動不動。他閉上眼睛，片刻之後才睜開來。那些黑影仍在金黃色的月牙前。他故意轉過身去，低頭垂目在甲板上走了幾步，把激動、欲信不敢相信、害怕會失望等心情壓抑下去。

他打住腳步，抬頭凝視，月亮已升到那些黑花邊似的樹枝上方，在月光下他能淸晰看出樹幹高高低低的影子。他跪下來探身到木筏外，用雙手掬起少許水，嘗了一嘗，是甜的。他確定，離河口不遠了！

他全部感官神經都激動起來，心中充滿了期待。然而奇怪的是，他此刻的思想和感覺卻如同他初次見到大海時的一樣。那時他只聞到大海獨特的氣味；只聽到碎浪的嘩嘩聲；只看到波濤在陽光下狂舞；嘗到海水又鹹又澀的味道；感到浪花飛濺到臉上……

□

晨霧籠罩著黎明，像炊煙一樣繚繞回環，他乘的木筏在緩緩的海岸波浪上起伏。他漂到何處了？是友好國家嗎？他已在海上漂泊四個多月，戰爭打完了嗎？誰是勝利者？他瞪大眼睛尋找房屋和人。他已經能聞到潮濕泥土的氣味和那些看不到的樹葉和鮮花的芳香，還有一股陌生的霉味和木頭燃燒的氣味。他腦子裡頓時出現燒豬肉、熱米飯、蔬菜和茶的影像。還有又甜又涼的水果。用不了一天，甚至數小時，數十分鐘之後，他面前就會出現各種食物和香菸的。

隨著早上輕柔的風在晨霧上吹出幾處洞口，他看見了蔥翠的樹頂和在微風中搖動的棕櫚葉。蒙著一層水氣的捲鬚植物漸漸變得稀疏，他眼前展露出一片墨綠色的原始森林。

潘濂十分震驚，拼命想自我安慰。但他想到的只是自己小時候因走進森林玩而被母親斥責的情形。森林裡有野人，母親罵道，他們身高六尺，頭髮盤成髻，專門拿著毒箭和火槍出來抓小孩，然後把小孩拐到密林裡，交給身上刺滿青紋、像男人一樣厲害的女人。

但據潘濂的老師說，黎族同胞儘管過著原始生活，但待人友善、好客，甚至過路的陌生人他們都熱情招待。潘濂更相信老師的話。如果現在這片森林裡住著野人，他希望他們也是善良、慷慨的。即使不是，他也不願漂離這片陸地，因爲只要沿著海岸走，總有機會遇上巡邏飛機或船隻，或漂到森林邊上某個港口、城市或小鎮的。

但他無法控制木筏漂流的路線，只能懷著焦急的心情，目測木筏和海岸間的距離，聽憑風和急流推著木筏時而靠近，時而遠離……

□

他看到兩個森林，一個在低處，一個在高處。高處的參天大樹，比低處的樹木高出十多公尺，樹枝上覆蓋著苔蘚，長長的藤蔓像繩子一樣垂落下來，有些則盤在樹幹上，或纏住低矮茂盛的樹叢。每當木筏漂近海岸，他都能聽到鳥啼或野獸的咆哮聲，聞到森林的潮濕氣味。在木筏與海岸間，漂浮著從岸上沖下來的樹枝、草和藤蔓，對木筏來說，這些東西如同水雷對輪船一樣危險。

水雷。貝洛蒙號曾與其他貨船結隊沿著海岸航行，由掃雷艇給他們開路。現在大概離海岸一公里多，他會碰到水雷嗎？木筏的撞擊力能使水雷爆炸嗎？

潘濂看看自己與海岸間的水域。如果用那根破木槳推開周圍的浮木，能否靠小浪的推動靠近岸邊呢？

他用槳推開一根浮木。僞裝得像樹葉一樣的小魚，搖著尾巴迅速從浮木旁游開，消失在黃褐色的漩渦中。一隻昆蟲嗡嗡叫著，從紛亂中飛出來。

潘濂一巴掌把它打死在自己的大腿上。他突然又想起小時候跑進森林裡那件事，那次他中了孩子們的激將法，鑽到長滿灌木、竹子和各種小樹的地方。父親找到他時，他正在哭泣，臉和手被蟲子咬得又紅又腫，衣服扯破了，腳上都是傷口。

即使現在能找到一個安全靠岸的地方，他又怎能用一把鐵皮刀子在森林裡開路呢？用什麼來捕殺動物充飢呢？又怎樣對付住在森林裡的野人、老虎和毒蛇呢？他放下木槳。還是冒著遇上水雷的危險，在水中碰碰運氣吧。

沿岸是連綿不斷的森林。但水非常混濁，而且味道很淡，不可能離河口太遠了。他只好用以往的經驗安慰自己：他記得泰國港口的航道就很狹窄，從海上根本看不見航道口，但港口、城市和人口都在航道的盡頭。這裡的情況也應當是這樣。他見到的飛機一定是從附近的某個地方起飛的。

他整天都在搜索炊煙和密林裡的缺口。到了下午，陸上傳來的聲音變小了。後來下起大雨，使他無法看清木筏以外的東西。他憂慮重重。怕雨會演變成風暴，把他吹離陸地，或把他甩在岸上撞得粉碎。也許陸地早就不見了。但大雨停後，森林的各種聲音又活躍起來，到天黑時，他聽到了有節奏的敲擊聲，時而夾雜著尖叫聲和吼叫聲……

第二十八章 「英格里希？」

無論在家鄉，在香港，或是在輪船上的華人海員之中，土地都是人們最關注的問題。因為不管天災、人禍，只要有土地就有翻身的希望，發財的可能。因此人們既渴望土地，又尊重土地。土地是永恆的。土地意味著安全。

從他在海上開始漂泊的那天起，潘濂就覺得，見到陸地之日，便是自己離開木筏和大海之時。但森林在他視線之內已有兩天時間，他卻絲毫不感到輕鬆，反而有一種失望和上當的感覺，就如同在茫茫大海中漂泊時蒼天不賜給他雨水的那些日子。但他又很怕陸地再次從他視線中消失。那天晚上，風向突然改變，帆布篷吹得像船上的風帆，把木筏迅速帶離海岸。他連忙把帆布篷下面兩個角的繩子切斷。

風和急流仍有可能把他拖回大海，但他無法判斷，因為月亮被厚厚的雲層遮住了，而到了早晨，濃霧籠罩著木筏。那薄膜般的霧靄散得很慢，在陽光的照射下宛如孔雀開屏，逐漸展露出一片琥珀色的海洋和從海洋中冒出來的藍綠色島嶼。還有幾艘漁船。

漁船被霧和水氣包圍著，好像假的一樣。潘濂顫抖著，一邊揮手，一邊叫喊，他的聲音顫顫巍巍，如同那些忽明忽暗的船帆，恍似幽靈。他搖晃著帆布篷，這個舉動增添了他的勇氣，於是他以更大的信心高呼：「救命呀！快來救我呀！」

霧還未完全散開，他還得不到一個清晰的視野，但他的嗓子已經啞了。然而，只要那些漁民有一絲可能是眞人，他就不能停下來。那些貼著水面，迷宮般的島嶼更清晰了。但剛才還還在那裡漂盪的漁船不見了。只剩下一艘。

那船約十公尺長，只有一面棕色的帆，船上有間尾棚，樣子很像中國的木帆船。潘濂的心不禁一跳，懷疑自己竟奇蹟般地回到海南島來了——既然各大洋都是相通的嘛！

那船似乎在向他駛來，但他無法肯定自己已被發現。他想張口再呼喊，但發出來的只是又小又啞的聲音。他改變辦法，把帆布篷使勁甩在甲板上，啪啪的響聲像槍聲一樣在水面上迴盪。但他突然打住，怕自己的意圖被對方誤解，改用搖動白旗的辦法。

「救命啊！」他先用漢語，然後用英語喊道，「救命呀！」

船離他更近了，他看出帆是補過的，船身很粗糙，大概是用幾塊木頭鑿出，然後拼起來的。船上的人是野人嗎？他停止揮動，使勁盯著船看。他終於辨別出甲板上站著三個人：一男二女，他們膚色較深，不可能是中國人，衣服似乎也是外國的式樣。

船上的男人在揮手。他們看見他了！潘濂把白旗子高高舉起。

「英格里希①？」男人喊道。

潘濂呆住了，不知怎麼回答。他想起那個見死不救的船長怎樣用望遠鏡觀察他，他感到望遠鏡閃光的鏡片像刀子一樣向他刺來，最後船調頭開走了。他感到一陣抽搐，這是內心深沉痛苦引起的痛楚。

「英格里希？」那男人又一次喊道。

潘濂用手攏了攏蓬亂的頭髮和鬍鬚。那男人以爲他是英國人，他是否順水推舟，假裝是英國人呢？如果他說實話，那男人會救他嗎？

潘濂慢慢地搖搖頭。「柴尼絲」。他一隻手搖搖旗子，另一隻手指指自己，「中國人，」他重複道：「我，中國人。」

他突然意識到自己全身赤裸，於是難爲情地用旗子擋住身體。他拿不準自己還應該說些什麼或做些什麼。

那男人轉身對女人說了句話，她馬上消失在船艙裡。是去叫駕船的人調轉船頭嗎？但船沒有改變方向，那女人回到甲板上，腳步穩健地走到船尾去。

風比剛才小了一些，但尖尖的船頭劈開浪花，離他愈來愈近了。在船頭即將撞上木筏的一剎那，船準確地來了個急轉彎，站在船尾的女人一下鉤住木筏的角柱，而站在船頭的男人向潘濂拋去一根纜繩。他輕易地接住繩子，並把它繫在一根角柱上。船靠在木筏旁，那男人微笑著向他伸出一隻手，要幫他登上船去。

潘濂有把握，那男人毫無惡意，但他仍遲疑不決，而且突然感到不願離開，似乎木筏才是最安全的地方，而這船、船上的人和森林都是陌生的。他慢慢收起刀子和釣魚用具，他依賴它們度過了多麼漫長的日子啊！

那男人用手比比劃劃，問潘濂是否想把木筏拖走。儘管他知道這很愚蠢，但他還是想點頭。然而，他扶著那男人的手登上船去，並用力把木筏推開。「不，」他搖頭答道。

譯註①原文爲 English，英國人，英語。

尾聲

潘濂被一家巴西漁民在薩里那（Salinas）以東，即離巴西海岸約十五公里的水域救起，該地區屬巴西的巴拉州（Para）。他隨同他們航行了三天後才在貝倫港（Belém）登陸。他吃到的第一頓飯並不是他夢寐以求的食物，而是穀粉和燒魚。但漁民有菸草，據《英國情報報告》（*British Intelligence Report*）記載，潘濂「喜出望外，又笑又唱，吃了很多東西」。

兩個月前，就在潘濂獲救的地區附近，當地人救起了三個山丹姆號（*S.S. Zaandam*，一艘由美國租用的豪華荷蘭客輪）的海員。他們漂流了八十三天，獲救時三人均非常虛弱，奄奄一息，救起他們的美國掃雷艇是把他們抬上船的。一九四三年四月六日，當巴西漁民把潘濂帶上貝倫港時，他在海上已漂流了一百三十三天，這個記錄至今沒有人打破，然而潘濂卻是在無人攙扶的情況下自己走上岸的。

當地英國領事對潘濂良好的身體狀況驚訝不已，特意在領他前往貝倫葡萄牙慈善醫院之前，帶他到照相館拍了一張照片。當地報紙《巴拉時報》在報導中說，儘管潘濂「曬得很黑……但他經歷的一百三十三天飢餓、乾渴、與狂風惡浪及烈日和惡劣氣候搏鬥的日子，卻沒在他身上留下痕跡」。

潘濂的體重輕了十五公斤，但他唯一的怨言是「肚子不舒服」，而且認爲自己肚裡有蟲。醫生卻沒有發現任何生蟲的跡象，只是「腸胃不適，估計是由於長期食用生食物，以及身體暴露在外所致」。①

四個月之後，潘濂仍無胃口，只能喝些牛奶。據美國醫生分析，「其他海事倖存者也有類似反應，這可能是由於海上的危險經歷造成了精神緊張，從而產生輕度神經機能反常的現象」。②

經過四十五天休養和觀察，潘濂出院了。葡萄牙慈善醫院的「修女們最初並不願意護理一個中國人，但後來非常喜歡他」③。英國領事館和本恩輪船公司，安排潘濂乘美國軍用飛機到邁阿密，然後改乘火車到紐約，在那裡再等候交通工具前往倫敦。

採訪倖存者，是美軍在戰時的一項例行公事，因此，潘濂在邁阿密期間接受了美國海軍的調查。據該調查報告記載：「沉船前後的情況都模糊不清，原因是唯一的生存者是個中國佬（原文如此——作者注），此人在船上當二等侍應生，只懂有限的一點英語。」報告中進一步指出：「根據倖存者對旗幟的描述，可斷定該潛艇屬義大利籍。」④後來美國的各種報告和文章都重複此論調，把推測當成了事實。

但假如當初向潘濂進行調查的美國海軍尉官肯進一步查證，向英國國防部或勞氏船籍社（Lloyd's）了解情況，他便會發現，擊沈貝洛蒙號的，其實是一艘編號爲U一七二的德國潛艇，艇長名叫卡爾・艾默曼（D. Carl Emmermann）⑤。這名仍健在的艇長，在與本書作者的通信中承認，正如潘濂所稱，U一七二號潛艇的瞭望塔上確實塗著白綠二色：白色爲海王神像，綠色爲他周圍的大海。那是該艇的標誌圖案。U一七二號潛艇在一九四二年十一月二十三日的航海日誌中，更有如下一段紀錄：

「十一月二十三日早上八時十五分。U一七二號發現一艘非軍用輪船，位置在潛艇前方海平線下，與艇顯呈窄角。本艇向南移，令輪船保持在我視線內。輪船行速爲十三海里，每十分鐘一次呈之字型航行。

「潛艇在水面慢慢潛近輪船。十三時三十四分，發出警報並往下沈。繼續觀察輪船的動向。十四時十分，從一號和二號管發射兩炮。第一枚用了二十秒（四百公尺）擊中目標。兩聲巨響相繼傳來，大概是鍋爐爆炸，因爲見到大量蒸汽冒出。第二枚用了二十二秒(四百四十公尺)擊中目標。輪船尾部傳來爆炸聲。船尾愈沈愈深，兩分鐘後輪船下沈，尾部先沈。出現一艘救生艇，內載大約十名生還者。

「十四時十五分，沈船短暫浮出水面，發現船名爲貝洛蒙號……

「U一七二號於十四時四十四分離開該海域，前往新作業區。」⑥

儘管美國海軍情報部門的調查報告措辭輕蔑，潘濂的事蹟仍引起美國海軍上尉賽繆爾·哈比（Samuel Harby）的注意。哈比安排了翻譯人員在紐約美國海軍急救設備部向潘濂再次進行調查。海軍根據潘濂提供的具體細節，複製了一塊一模一樣的木筏。潘濂又向他們示範自己在木筏上如何製造釣魚工具和刀子等。美國海軍把潘濂重演在海上求生的經過拍成照片並攝錄下來，後來以此作爲極有價值的教材，供海軍人員學習海上求生術的參考。但令人啼笑皆非的是，潘濂要求參加海軍部隊時遭到拒絕，理由是：他有扁平足。

潘濂受到多項嘉獎。貝倫市的英國僑民團體贈給他一只錶，上面刻著：「送給勇者中之勇者潘濂」。戰時海運局發出特別命令，批准潘濂佩帶美國商船隊戰鬥榮譽勛帶，以表彰他的「勇氣和剛毅精神，這種精神將永遠鼓舞各國海員」。⑦英國國王喬治六世授予他英國勛章，讚揚他「在木筏上經歷漫長、危險和艱辛的日子裡，所表現出的罕見勇氣、剛毅精神和克服困難的應變能力」。⑧本恩輪船公司贈給他一只手表，一對襯衫袖口鏈扣，並補發他在木筏上度過的一百三十三天的全部工資。當時的中華民國政府行政院，也授予他榮譽獎狀。

潘濂在獲救後不久，接受《帝國新聞》（*Empire News*）採訪時表示：「我希望我的經歷能證明，中國人在這場戰爭中與其它國籍的勇敢海員相比毫不遜色，都能面對各種困苦，充滿信心地戰勝困難。

「我希望，這一事實能促使各方改善我們海員和侍應生的待遇，不只是在戰時這樣，在戰後也一樣。

「大海不問黃種人和白種人的區別。在木筏上，人，只是聽天由命的生靈，在很大程度上，命運由即將發生的一切來擺佈。但是否願堅持下去，全看自己。

「因此，我們所有航海的人和面對海上威脅的人，都應得到平等的待遇。這並非只對華人有好處，而是對大家都有好處。」

然而，這些榮譽未能使潘濂免受美國一八八二年所制定的排華法的約制，和其他華人一樣，他不得移居美國。爲了使潘濂能在紐約逗留，中國領事館只能向美國的移民和歸化局爲他辦了一個「臨時旅遊者」的簽證。即使在排華法被廢除之後（一九四三年十二月十八日），中國移民每年的定額也僅爲一百零五名，使得「臨時旅遊」改爲永久居留幾乎是不可能的事。

由於中國副領事的干預，潘濂被准許在戰時到新澤西的賴特航空公司當零件檢驗員，戰爭結束後，又到美國輪船公司做炊事員。四年之後，經過海軍少校哈比的不懈努力，並由美國國會議員麥努森（Warren G. Magnussen）提出動議，終於在美國第八十一屆國會上通過特別法案，「給予潘濂到美國，並享有永久居留的權利」。⑨一九四九年七月二十七日，杜魯門總統簽署了第一百七十八號私法，潘濂取得美國公民權的手續終於在一九五二年完成。

作爲美國公民，潘濂不得進入中華人民共和國。由於不能親自回到家鄉，他便要求父母到香港和他會面。那位與他訂過婚的女子以爲他已遇難身亡，早已和他人結合。潘濂在坦達號當海員時的一位同事，把自己的女兒陳美梅許配給他，他們於一九五二年十二月一日結婚，在紐約市的布魯克林區安家，並養育了三個女兒和一個兒子。

潘濂繼續在美國輪船公司工作，一九八三年才以侍應生領班身份退休，其時恰恰距他遇險四十周年。

一九八六年，潘濂和太太終於有機會回故鄉訪問。他受到鄉親們英雄式的歡迎。那正是他在木筏上漂流時夢見過的場面。

潘濂一九九一年一月四日在紐約布魯克林逝世。

原註①《英國每周情報彙編》（*British Weekly Intelligence Report*），一九四四年十一月。

②《緊急救援設備部調查倖存者情況報告第一號，附件A》，美國海軍一九四三年七月二十二日。

③同註①。

④《存檔備忘錄》（*Memorandum for File*），美國海軍部海上重點作業辦公室，一九四三年五月二十七日。

⑤《英國海軍情報文件》（*British Naval Intelligence Documents*），一九四二年十月至十二月卷，勞氏船籍社二次大戰傷亡記錄。

⑥U一七二號潛艇一九四二年十一月二十三日航海日誌，由查理斯·伯迪克（Charles Burdick）譯成英文。

⑦華盛頓特區戰時海運局蘭德（E. S. Land）的信。

⑧《倫敦新聞報》（*The London Gazette*），一九四三年七月十三日。

⑨一九四九年三月二十五日第八十一屆美國眾議院、參議院，特殊事件第一四〇五號。

作者的話

我在多次採訪潘濂先生及他的夫人和二哥于瀚之後，寫成本書，同時也翻閱了報章、雜誌、英美兩國當時的情報報告，以及本恩輪船公司的歷史資料，還進行了其他方面的調查。我在寫作過程中盡可能保持事件的歷史精確性，但我謹希望讀者考慮下列情況：

當時的潘濂只懂得有限的英語，廣東話也懂得不多，他操的是海南語，但當時向他作調查的人，包括翻譯人員在內，沒有一個人懂得這種語言。這便導致一些文章和報告在內容上的相互矛盾。而某些不準確的說法重複多了，就成了「事實」，要恢復事實的原貌，已經不可能了。

我與潘先生的談話，是用英語和廣東話進行的。雖然潘先生使用這兩種語言的能力比起一九四三年已大大提高，但海南話仍是他最熟練的語言。

我初次採訪他是在一九八二年二月。儘管潘先生對自己在木筏上度過的一百三十三天仍記憶得很清楚，但他的敍述難免不滲入爾後四十年生活中的其他經歷。同時他在回顧這段往事時，知道這段故事將被寫成書，成為他留給子孫的遺產。

潘濂在巴西貝倫港登岸後一小時，穿上漁家給他的衣服，
留下這張照片。(由本頁起的四張照片均由潘濂提供)

潘濂接受了美軍的問話之後，應美軍之要求，重現了他的海上求生經驗。美國「急難搜救設備小組」依照潘濂的說明，製作出一艘木筏，筏上所插的黃色求救旗比潘濂原先用的旗來得短，也較不堅固。這一組照片攝於紐約港口，就在重現原景的地方。

1943年10月20日，英王喬治六世接見潘濂。潘濂於晉見後攝於白金漢宮外。

貝洛蒙號從開普敦出發，在駛向荷屬圭亞那（現在的蘇利南）的帕拉馬里博途中，遭魚雷擊中。一百三十三天後，潘濂在亞馬遜河河口被漁夫救起，轉往貝倫港。

1 1 6 台北市羅斯福路六段142巷20弄2-3號

廣 告 回 信
台灣北區郵政管理局登記證
北台字第10227號

大塊文化出版股份有限公司　收

地址：＿＿市／縣＿＿鄉／鎮／市／區＿＿＿路／街＿＿段＿＿巷

＿＿弄＿＿號＿＿樓

姓名：

請沿虛線撕下後對折裝訂寄回，謝謝！

大塊 LOCUS 文化

編號：MA 012　書名：生還

大塊
LOCUS
文化

讀者回函卡

謝謝您購買這本書，爲了加強對您的服務，請您詳細填寫本卡各欄，寄回大塊出版（免附回郵）即可不定期收到本公司最新的出版資訊。

姓名：＿＿＿＿＿＿＿＿＿＿ **身分證字號**：＿＿＿＿＿＿＿＿＿＿

住址：＿＿＿＿＿＿＿＿＿＿＿＿＿＿＿＿＿＿＿＿

聯絡電話：(O)＿＿＿＿＿＿＿＿＿＿ (H)＿＿＿＿＿＿＿＿＿＿

出生日期：＿＿＿年＿＿＿月＿＿＿日 E-mail: ＿＿＿＿＿＿＿＿＿＿

學歷：1.□高中及高中以下 2.□專科與大學 3.□研究所以上

職業：1.□學生 2.□資訊業 3.□工 4.□商 5.□服務業 6.□軍警公教 7.□自由業及專業 8.□其他＿＿＿＿

從何處得知本書：1.□逛書店 2.□報紙廣告 3.□雜誌廣告 4.□新聞報導 5.□親友介紹 6.□公車廣告 7.□廣播節目8.□書訊 9.□廣告信函 10.□其他＿＿＿＿

您購買過我們那些系列的書：
1.□Touch系列 2.□Mark系列 3.□Smile系列 4.□Catch系列
5.□PC Pink系列 6□tomorrow系列 7□sense系列

閱讀嗜好：
1.□財經 2.□企管 3.□心理 4.□勵志 5.□社會人文 6.□自然科學
7.□傳記 8.□音樂藝術 9.□文學 10.□保健 11.□漫畫 12.□其他＿＿＿

對我們的建議：＿＿＿＿＿＿＿＿＿＿＿＿＿＿＿＿＿＿＿＿

＿＿＿＿＿＿＿＿＿＿＿＿＿＿＿＿＿＿＿＿

＿＿＿＿＿＿＿＿＿＿＿＿＿＿＿＿＿＿＿＿

LOCUS

LOCUS

LOCUS

LOCUS